追放された神官、【神力】で虐げられた人々を救います!
女神いわく、祈る人が増えた分だけ万能になるそうです
著 Saida《サイダ》
ill かわすみ

リアヌン
アルフが教会で
出会った女神。
マイペースで食いしん坊。
アルフ
貴族の嫉妬によって
街外れの教会に
飛ばされた神官。
神の声が聞こえる
スキル「預言者」と
類まれなる
魔法のセンスを持つ。
イテカ・ラ
アルフの教会付近に
出没する神獣で、
群れを束ねるリーダー的存在。
登場人物

ルーメイ
怪しい薬を
売ろうと企む魔女。
ダテナ
心から料理を愛する、
腕利きの料理人。
レンナ
スラムに住む、
面倒見がいい少女。
マリニア
スラムで生活する兄妹。
アルフに懐いている。
ミケイオ

第一話　赴任先は廃教会でした

つまり、貧乏くじを引かされたってわけだ……

馬車に乗っていた俺、アルフ・ギーベラートは心の中で反芻《はんすう》した。

数日前、教会都市パルムの中心にある大聖堂で行われた卒業式を思い返す。

パルムの最高学府《さいこうがくふ》であるガートン神学校《しんがっこう》を二年飛び級で卒業した俺は、十六歳にしてスキルを授《さず》かった。

聖堂の長《おさ》である聖王マルカイルから言い渡されたのは、「預言者《よげんしゃ》」という神の声を聞くことができる、嘘か本当か分からないようなスキル名と内容だった。

問題はその後、卒業後の進路に話題が移ってからのことだ。

「アルフ・ギーベラート。そなたをイスム地区の教会主《きょうかいしゅ》に任命する」

一人の司祭が俺にそう辞令を言い渡した。

イスム地区の名が出た途端《とたん》、大聖堂に来ていた来賓《らいひん》たちがざわつく。

イスムは都市パルムの壁の外であり、北側に隣接《りんせつ》するスラム街である。

一般的に、ガートン神学校を優秀な成績で卒業した者は、都市パルム内に二十一ある教会のうちのいずれかに配属される。

そしてその教会で、二、三年経験を積んだ後、中央の大聖堂に呼び戻されて、国の重要な仕事を任されるというのがならわしだ。

それがまさか、最初が都市外の教会主。しかも誰もが知るスラム地区となれば、これは実質左遷《させん》と言えるだろう。

どうやら卒業して早々、出世コースから外れたらしい。

成績の悪さが理由なら、俺だって仕方ないと諦められるが、俺の神学校での成績はトップクラスだった。

神学的知識、一般教養、魔法の扱い方、それ以外の内容であっても、俺はダントツ。そうでなければ、他の生徒を差し置いて飛び級など許されるはずがない。

原因ははっきり分かっている。俺の出身が辺境の村であることだ。

入学当初から、他のパルム在住の貴族たちの子を差し置いて主席で入学した田舎者《いなかもの》の俺を、よく思わない人間は大勢いた。

学校の教師たちは完全な実力主義で、出自にかかわらず公平にテストの点をつけてくれたが、卒業後の進路までは守られなかったようだ。

故郷の田舎にいる貧乏貴族の両親と、幼い頃から優しくしてくれた村の人々に喜んでもらいたい一心で、差別にも負けず頑張ってきたつもりだったが……最後の最後で、俺の努力は水泡《すいほう》に帰してしまった。

故郷に帰ったら、背中を押してくれた両親や村の人に、どんな顔をすればいいのだろう。

目的地に馬車が止まり、俺は憂鬱《ゆううつ》な気持ちで外に出る。

目の前には、俺が今日から住み込みで働かなくてはならない教会。

教会というよりも廃墟《はいきょ》のような建物だ。

俺はため息をつき、ギィィィと軋《きし》む扉を押し開けた。

建物の内部も外観から想像していた通りだった。

砂なのか埃《ほこり》なのかよく分からないが、白く汚れた床。それなりに高さのある天井には、いたるところに蜘蛛《くも》の巣が張っている。

聖堂の左右の壁には二つずつ窓がついていたが、その窓も、もれなく汚れで曇《くも》っていた。

がらんとした部屋には、木の椅子が二脚壁際に置かれているだけ。

都市パルムではほとんどの教会の広間に長いベンチが列になって並べられていたが、ここにはそういったものは見当たらなかった。

他に目立つものといえば、扉から正面の一段高くなったスペース、いわゆる内陣《ないじん》と呼ばれる場所に置かれた台、それから左に二つ、右に一つある扉。

その中に家具が置かれているのだろうか？　後で確認してみよう。

俺は一段高くなった内陣に近づいた。

台の上には、小さな女神像が安置されていた。

全体的に表面が剥《は》がれているのが、物悲しい。

まるで祈る人がいなくなったことを嘆いているかのようにも見える。

女神像を見つめていると、女性の声が聞こえた。

――あれ？　もしかしてこの人「預言者」かなぁ？

「！」

俺は驚いて顔を上げる。

辺りを見回すが、周りには誰もいない。

あるのは、女神像だけだ。

――え、嘘！　もしかして、私の声、本当に聞こえてるの⁉

「えっと……はい」

――やっぱり「預言者」なんだ！　って、ちょっと待って、じゃあ姿も見えてる⁉

「え？　いえ、何も見えてはいませんが」

――本当に？

「ええ」

――そうか、「預言者」は声しか聞こえないんだったっけ。よかったぁ、見られてなくて。

見られたくない理由でもあったのだろうか？　じゃなくて、この声の主《ぬし》はいったい……？

俺が不思議がっていると、再び女性が声をかけてくる。

――ねぇ、えっと……ん？　あなた、マコトスドウって人？　それとも、アルフ・ギーベラート？

女性が言う「マコトスドウ」は俺の中にある、ニホンという場所で暮らしていた人間の記憶だ。

「あ、えっと。今はアルフですね。その、前世がスドウだったっていうか……」

別にこの記憶があったからといって、こっちの生活にさしたる影響はなかった。しいて言えば、「妙に落ち着いている」とか「子供っぽくない」とか周りの大人に言われたことくらいだ。

――ああ、あなた。前世の記憶が残っている人なの。珍しいね。

「はぁ」

――じゃあ、今はアルフでいいのね。アルフ、はじめまして。私はこの教会を任されている女神、リアヌよ。リアヌンって呼んでね。

まさか。話している相手が神様だったとは。

あるいは神様を名乗る、ちょっとイタい人なのかもしれないとも思ったが、女神像を中心に漂《ただよ》う空気には確かに神聖なものが感じられる。

嘘ではないだろう。

「初めまして、リアヌ様」

俺は女神像に向かって頭を下げた。

――リアヌン。

「リアヌン様」

――『様』なんてやめてよ！　それと敬語も禁止ね。私、かたっくるしいの大嫌いだから！

本当に神なのか？

「よ、よろしく。リアヌ、ン」

言い直すと、リアヌンが笑う。

――ふふっ。よろしく、アルフ。それで、話が飛んじゃったわね。あなたがここに来たのはどうしてかしら。何か私に祈りたいことでもあったの？

リアヌンに尋ねられて、先ほどまでの憂鬱な気持ちが再び胸中に湧いた。

「えっと、ここの教会主に任命されたんです……じゃなくて、されたんだ」

――教会主？

俺は頷いた後、自分の身の上をざっくり説明した。

ここからは遠い田舎の村で育ったけれど、魔法の素養《そよう》があると言われてガートン神学校の試験を受けて合格したこと。そこから七年間、神と魔法について学び、昨日卒業したこと。教会でスキルを授かったこと。神官として任された初仕事がここの教会主だったこと。

――なぁーるほど。じゃあアルフは、なりたてほやほやの新人神官さんってわけね。

「あ、うん」

――で、「預言者」を授かったおかげで、私とおしゃべりができると。

「みたい、だね」

スキル「預言者」。神の言葉を聞くことができる者とは説明されたけど、なんか思っていたのとはだいぶ違う。なんかもっと「来る《きた》る災厄《さいやく》に備えよ……」みたいなお告げが、雷《かみなり》の鳴る夜に聞こえてくるみたいなものだと思っていたが……

「リアヌンってよんでね！」なんて気さくな言葉を賜《たまわ》ることになるとは。

七年間、聖典で学んだ神のイメージが崩れてしまう。

神様って、みんなこんな感じなんだろうか……

――なに考えてるの？

「あっいや、えっと。リアヌンは気さくな神様だなと思って」

――ふふっ。まぁ私は人間のことが好きな神様だからね。そういうんじゃない神だっていっぱいいるわ。

へー、そうなんだ。

――というわけでアルフ。私、あなたのこと手伝ってあげる。

「へっ？」

急に何を言い出したんだ？　この女神は。

——……何？　この心優しき女神が力を貸してあげようっていうのに、嬉しくないわけ？

「や、それはありがたいけど。その、具体的には力を貸してくれるってどういう感じ、なのかな？」

正直なところ嬉しさ以上に怖さが勝っている。

なんかその……すごくポンコツっぽいし。

間違えちゃったって言って教会爆発《ばくはつ》させたりしそう……

いや、これはさすがに偏見か。

——そうだね。じゃあ久々に、力見せちゃおっかな～。

リアヌンがやる気に満ちた声を出した。

……やっぱ怖い!!

「え、ちょっ、えっと……」

——大丈夫、大丈夫！　じゃあとりあえず、私に祈ってみて。

「祈る？」

——そう。アルフたち人間は魔力を使って魔法を使うでしょ？　私たち神が力を使うには、魔力の代わりに、人間の願いとか祈りとか、そういう心の動きを源にするから。ま、やってみれば分かるよ。さ、祈って祈って。

俺は言われたとおり、女神像に向かって手を合わせる。内容がパッと浮かばなかったので、とりあえず、感謝の祈りを捧げる。

――おっ、いいねぇ～。きたきた、この感じだ……そりゃっ！

ボッ。

「おわっ！」

後ろに下がった俺を見て、女神が笑い出す。

――フフッ、アハハ！　なんでよ、そんなに驚くことないでしょ？

そりゃあ、何しでかすか分からなかったんだから、ビビッてもおかしくないだろう。

「これは？」

俺は立ち上がって、目の前のものを指差した。

女神像の前に置かれた手持ちの燭台《しょくだい》、そこに火が灯っている。

――すごいでしょ！

「えっと、まぁ……はい」

いや、火なら魔法でも出せそうだが……何か違うのだろうか？

――あー！　今アルフ、これくらいの火なら自分も出せるぞって思ったでしょ。

「いや、そんなことは……」

女神だけあって心の中もお見通しか。

――いい？　この火はね、ただの火じゃないんだよ。魔力ではなく、神の力で灯《とも》した火……『聖《せい》火《か》』なんだぞ！

「はぁ」

――なにその鈍《にぶ》い反応！　聖火というのは聖属性を持った神聖な火で……その、すごく神聖な火なんだぞ！

やっぱりこの神様、大丈夫かな。

神聖であること以外に何も分からなかった。

――まぁ、いいや。こんな風にね、私たち神は人間の想いを力に変えて、いろんなことをできるってわけ。そして、いまや私とアルフは運命共同体。だからね、特別にこの力を分けてあげようと思ったの。

「……ん？　えっと、運命共同体っていうのは？」

――アルフはこの教会を任されたんでしょ？　仕事ってことは、ここで結果を出せなかったらダメってことだよね。私も同じ！　この教会に来てからちょっと経つけれど、結果を出せなければ天界での立ち位置がとっても危うい。だから私たちはこの教会を復興するという一緒の役割を持った同志ってこと！

なるほど……

リアヌンの言葉は続く。

――でも、その……別にサボってたわけじゃないのよ!?　しばらく前から誰も教会に来なくなって、祈りの力がずっと0だったらから何もできなかったっていうか……おまけに周辺には貧しい人たちが増えたから、辺り一帯の幸福度はどんどん下がって、より私の力も落ちちゃったし……だから、お願い！　この教会で祈る人たちを増やして、私の力をどんどん使って、苦しんでいる人たちを救ってあげましょう‼

こうして、ポンコツ女神と俺の教会復興&貧民救済生活が幕を開けたのだった。


ひととおり女神の話を聞いた俺は、リアヌンに提案する。

「とりあえず、この教会を綺麗《きれい》にしてもいい？」

――ああ、たしかに古い教会だから、ちょっとばかし汚れが目立ち始めているかもしれないね。

いやいや、これはちょっとっていうレベルをとうに越えている。

俺はリアヌンの言葉に呆《あき》れつつ、掃除を開始した。

まずはこの聖堂からだ。

俺は内陣の上に立ち、両手を広げる。

体内の魔力を利用して、教会の床の至るところから水を出現させた。

――へっ⁉　アルフ、水のスキル持ってないよね⁉

「持ってないよ。これは単なる魔法」

リアヌンの言うスキルと、俺が使った魔法は似て非なるものだ。スキルは教会で然るべき手順を経て神から授かるものであり、神の力を分与《ぶんよ》されたものと言われている。自然に使えるようになるものではない。

一方魔法は、生まれつき誰しもに大なり小なりその素養が備わっている。勉強や運動と同じく得意不得意や才能の大きさには個人差があるが、鍛錬《たんれん》することでその素質を伸ばすことができる。

事も無げに答えた俺にリアヌンが驚きの声を上げた。

——いやいや！　人間の魔法だったら、詠唱《えいしょう》とか魔法陣《まほうじん》とか、いろいろごにょごにょやらないと発動できないものでしょう！　でも今のアルフはスッと水を出したよ⁉

「あー、魔法にも個人差があるから」

——……そういうものなの、魔法って？

リアヌンが納得のいってなさそうな声を出した。

「そういうもんだよ」

俺は答えながら、魔法で風を起こし、床にまいた水をどんどん動かす。

すんなり風を起こした俺を見たからか、リアヌンの「わぁっ」という驚いた声が再び聞こえた。

風で押し流した水はちょっとした波に変わり、床の汚れを一気に押し流していく。

透明だったものがあっという間に泥水へと変わると、開け放った入口扉から何度も排出されていく。

やっぱり魔法は最高だ。

大量の水で一気に汚れが落ちていくのを見ながら、俺はスカッとした気分を味わった。

魔法には四属性あり、火、水、風、土の四つに分かれていると言われている。

属性が違えば魔法の扱い方も根本から変わり、そのため魔法の扱いに長けた人物でもある一つの属性しか使えなかったりする。あるいは使えたとしても、火魔法は超一流なのに、水魔法は初級魔法使いとそう変わらないということが起こったりするらしい。

あとは一つの属性の魔法を使った後に、別の属性を使うモードに切り替えるのが難しくなることもあるそうだ。

しかし俺には、この常識がいまいちピンと来ていない。

というのも、物心ついて魔法を使い始めたときから、どの属性も同じ感覚で使うことができたからだ。得意や苦手もなく、満遍《まんべん》なく使える便利な体質。

だが人に知られるとやっかまれることが経験上多かったので、いつしか人目に隠れて使うようになった。

でも、神様の前ではさすがにその必要はないだろう。ガンガン魔法を使わせてもらいます。

床を洗い終えた俺は、そのまま窓の掃除へと移った。

宙に回転するウォーターボールを作って、四つある窓それぞれをじゃぶじゃぶ洗う。

外側も洗う必要がありそうだけど、大分、光の入り方が変わった。

お次は二脚だけ置かれた椅子。大きめに作ったウォーターボールの中に閉じ込めて、まるで洗濯機のように汚れを落とす。

——そんな細かく洗わなくてもいいんだよ？

悪かったですね、神経質で。

俺は全ての水を教会の外へ押し流すと、火魔法と風魔法を応用して、床と窓、それから二脚の椅子をサクッと乾《かわ》かした。

床の素材が何なのかは分からないけれど、煉瓦《れんが》っぽくて美しい黄赤色が姿を現した。

「よし！」

床の次は、天井の掃除だ。

手の中で起こした風の回転をそのまま天井付近まで浮上させて、くるくると蜘蛛の巣を巻き取っていく。

……埃が落ちる可能性を考えると、天井を先にやってから床をやればよかったな。

そう考えつつ、まぁいいやと蜘蛛の巣を外へ追いやる。

そして念のため、床をざっと風魔法で掃いた。

最後は段差を一段上がった内陣の上。

床と同じ要領で、水魔法と風魔法を組み合わせて、効率的に汚れをとる。

渦《うず》を幾つも作って動かすと、水がどんどん濁《にご》っていった。

それを巻き上げて、宙にウォーターボールを作る。

「うへぇ、すごい汚れだ」

俺はそう言って、泥水になったウォーターボールを飛行させたまま、開け放った扉の外へ飛ばす。

もちろん一滴たりとも教会には落としていない。

くぅ～、爽快《そうかい》だ！　自分の思った通りに魔法を起こすことは、何物にも代えがたい気持ちよさがある。

内陣の上も、火と風でさっと乾かして、掃除完了。

「これで、よしと。あれっ、リアヌン？」

魔法に集中していて気付かなかったが、いつの間にか女神様のおしゃべりが聞こえなくなった。

もしかして、どこかに行ってしまわれたのか……？

──なに？　アルフ。

おぉ、良かった。ちゃんといた。

「なんだ。急に喋らなくなったから、いなくなったのかと思ったよ」

──だってアルフ、すごく楽しそうだったんだもん。邪魔しちゃ悪いかな～と思って、静かにしてただけ。ヒヒッ。

くっ、からかいやがって。

仕方ないだろ、誰にも気兼ねすることなく魔法を使えるのなんて、ずいぶん久しぶりだったんだから。

──で、掃除は終わった？

「とりあえずメインの聖堂はね。他の部屋はまだだし、壁とか扉とかはやってないけど……」

――うんうん、お疲れ。心なしかさっぱりして気持ちいい気がする！

それは良かった。

「あ、そうだ。火ってまだつけられたりする？　ここだけだと、ちょっと暗いかなって思ったんだけど」

――おっ。任せて、任せて。スキルにしてアルフに渡してあげるよ。合言葉は何にする？

リアヌンの言葉に俺は首を傾《かし》げた。

「えっ、ちょっと待って。スキルにして渡すって？」

――ん？　そのまんまの意味だけど。私が使える力をスキルっていう形にしてアルフに授ける。そうしたらアルフも同じものが使えるってこと。私は神ですからね。そういうことができるわけなんですよ。

えっ、スキルってそんな簡単なノリでもらえるの？

都市パルムじゃ、神官として働くことを許された一部の人間しかもらえないのに……

「すごいな、それ……！」

――でしょ！

リアヌンのすごさがようやく分かった気がする。

それで、どうする？　合言葉は。

「合言葉？」

――スキルを使いたいときに念じる言葉だよ。聖火をつけるスキルだからさ、やっぱこう、かっこいい言葉がいいよね。ファイアー、ゴッド。いや、ゴッドファイアー……トルネード！

トルネードの要素はどこにあるんだよ。

心の中でツッコミを入れる。

「うん、確かにトルネードはかっこいいんだけど、そのままの方が覚えやすいから、『聖火《せいか》を灯《とも》す』とかでもいいかな」

――えー！　そのまんま過ぎない？　まぁ、アルフがやりやすいならそれでいいけど……

ちょっとガッカリしたトーンで言うリアヌンに、俺は尋ねた。

「合言葉って後で変えられたりする？　慣れるまでは、簡単な方がいいから」

――うん、後で変えられるよ！　じゃあゴットファイアートルネードアタックに変更したくなったら、いつでも言ってね！

「分かった」

絶対にしない！

知らぬ間にアタックが足されているし……

――じゃあ『聖火を灯す』ね。分かった……ほいっ。

女神像がぱぁっと光り出す。

その中からひときわ強い光を放つ小さな粒が、ふわふわと飛んできて、胸の中に入った。

――これで大丈夫。じゃあ、合言葉を念じてみて。

……緊張するなぁ。教会で授けられた「預言者」のスキルは、特にこちらから行動を起こすスキルじゃなかった。何もせずとも声が聞こえてきたくらいだ。

自分でスキルを発動させるのは、これが初。

念じるっていうのは、心の中で呟《つぶや》けばいいのかな。

とりあえずやってみよう。

『聖火を灯す』

ボッ。

「おっ！」

手のひらの上に小さな火が灯った。

ぱっと見は自分が火魔法で出したものと変わりないように見えるが、神聖な雰囲気を醸《かも》し出《だ》している気もする。

――おー。上出来、上出来！　さすが私が見込んだ神官だけあるね。

そりゃどうも。

「スキルってことは魔力を消費しないんだっけ」

――うん、そうだねー。その代わり、神の力、『神力《しんりき》』を消費するよ。だからそれが切れたら、この火も消えちゃうし、スキルも使えなくなる。あと、新しいスキルを渡すときにも神力を消費するね。

リアヌンの説明を聞いた俺は疑問を投げかける。

「どうやって回復というか、神力を増やすの？」

——分かりやすいのは、やっぱり祈りだね。とにかく願いを持ったり、救いを求めたりする人たちがこの教会に集まったら神力はもっと貯まるよ。そうすれば、私はもっとすごいスキルをアルフに渡せるし、アルフもそのスキルをたくさん使えるようになるから。よろしく！

「なるほど。じゃあ今は、俺がさっき祈った分でこの聖火がついているわけか。まだ結構保《も》ちそう？」

——うん。聖火はわりと神力の消費が少ないからね。あ、あとさっき教会を綺麗にしてくれたでしょ？　その時にも結構貯まってたよ。そういう行いでも神力が貯まるっぽい……私も初めて知った。

初めて知ったって、この神様、一年目なの……？

——あ！　今、「そんなことも知らないの？」って顔したでしょ！　天界の摂理《せつり》ってすごく複雑なんだよ？　六百年やそこらじゃ覚えられないこともあるの！

大ベテランだった。先が思いやられるなぁ……

——あっ、そうだ。じゃあこうしよう。えいっ！

女神像から強い光が放たれて、俺は思わず目をつぶる。
――これでよしと。ねぇ、私のこと触ってみて。
言われた通り、女神像に触れる。
――きゃっ！
「えっ」
リアヌンのリアクションで、思わず手を引っ込めた。
――くすくすくす。
こいつ……今俺のことからかったな。
いや、こいつとか思っちゃだめだな……一応神様だし。
――冗談、冗談！　もう一回、触れてみて。
俺は再び女神像に触れる。
さっきのことをふまえて恐る恐る手を前に出す。
「おぉ！」
目の前に光がぼやぁっと広がった。

第二話　神力と人助け

目の前の光の中に、色んなものがぷかぷか浮いていた。

透けて見えるから、おそらく幻《まぼろし》の類《たぐい》なのだろう。

――説明するね。

リアヌンの言葉とともに、女神像の上にある44という数字が一際光り出す。

――まずは私の像の上に浮かんでいる数字。これは神力の量を分かりやすく数字で表したものだよ。さっきも言った通り、私が新しいスキルをアルフに渡したり、それから渡したスキルをアルフが使ったりするときに減るよ。

すると44が、43に変わった。

――今は聖火をつけているから、ちょっとずつ減っているね。増やす方法は、アルフ自身が祈るのもありだけど、新しい人をどんどんこの教会に呼んで祈ってもらった方が効果的かな。

なるほど、なるほど。

――それで、数字の周りに赤いのが浮かんでるよね。

「うん、浮かんでる」

赤い光の玉のようものに視線を向ける。

それぞれ光の強さというか、濃《こ》さが違った。

――どれでもいいから、触ってみて。

俺はいくつか浮いているもののうち、最も色濃く光っているものに触れてみる。

「！」

頭の中に、あるイメージが浮かんだ。まさか、これって。

――何が見えた？

手からパンを出している俺の姿だ。これってもしかして、スキル、ってこと？」

――そう、正解！　私がアルフに与えられるスキルが見えるの。でも、赤い光の時にはまだ必要な神力が足りてない。

触った玉の上に、小さく「１０２」と浮かんでいる。

「この数字が必要な神力ってこと？」

――ご名答！　いやぁ、飲み込みが良くて助かる。やっぱり、神学校を首席で卒業しただけはあるね～。

からかわれている気がする。まぁいいけど。

――必要な神力が持っている神力に近いものほど赤い光が濃くなってるよ。で、十分な量に達してスキルが渡せるようになったら、光の色が変わるから。そのときはまた、玉に触ってみてね。

「分かった」

――じゃあ、私の像から手を離してみて。

手を離すと、目の前の光はなくなり、浮かんでいた数字も赤い玉もふっと消えた。

――これなら分かりやすいでしょ？

「うん、すごく。とにかく神力を貯めればいいってわけね」

女神像を介してスキルの受け渡しができるようになったということか。これは助かる。

――そう！　それじゃ、ちょっとここを離れるね。上に呼ばれちゃったみたい。

「あ、うん。色々とありがとう。これからよろしくね」

俺は女神像に向かって呼びかけた。

――こちらこそ！　リアヌンとアルフは、運命共同体だからね。じゃ、また！

「はーい」

すると、女神像の周りの雰囲気が、ぼんやりとだが変わった気がした。

教会がシーンとする。

お喋《しゃべ》りな奴……じゃなくて気さくな神様だなーと思っていたけれど、気を遣って盛り上げていてくれたのかもしれないと思い始めた。

やっぱりもう少し、畏敬《いけい》の念を持たなくては。

『リアヌンって呼んでね！』

『聖火というのは聖属性を持った神聖な火で……その、すごく神聖な火なんだぞ！』

『天界の摂理ってすごく複雑なんだよ？　六百年やそこらじゃ覚えられないこともあるの！』

いや、あの危なっかしさ……すぐに敬う気持ちを持つの、無理かもしれない……

俺は、再び女神像に触ってみた。

42。

リアヌンがいなくても、神力の数字は確認できるようだ。

よし、とにかくこの数字を増やすことに専念しよう。あとはこの教会を住みやすくすることだな。

今日からここに寝泊まりするわけだし。

とりあえず、残りの部屋の確認から始めるか。


俺は振り返って、内陣の段差から降りた。

入り口から見て左手の二つの扉に目を向ける。

何の部屋だろう。リアヌンがいた時に聞いておけばよかったな。

内陣に近い扉を開けて、中を覗く。

「これは……懺悔《ざんげ》の間、かな？」

こじんまりとしたスペースに、広間にあったものと恐らく同じ椅子が置かれている。

壁には、天使によって地獄《じごく》から救済される人間の姿が描かれた聖画がかかっている。

どうやらこの絵に向かって懺悔の祈りをするようだ。

教会主に罪を告白する場合もあるらしいが、都市パルムでは、聖画の前で懺悔を行うのが主流だった。この教会もどうやら同じようだ。

風魔法で、聖画と椅子の上の埃をとる。

この部屋はあまり使われていなかったのだろうか、それほど汚れてはいなかった。

俺も懺悔しておこうかな。

俺は椅子に座って目を閉じる。

……気さくなリアヌ神を、心の中で軽く見てしまいました。お赦《ゆる》しください。

祈り終えた後、俺は懺悔の間を出て隣の部屋へ向かった。

「何か……空気が淀んでる気がする」

入った瞬間、そう感じた。

どこかが汚れているとか異臭がするとか、それほど明確な何かがあるわけではないが、部屋の空気があまり清潔ではない気がする。

部屋の広さ自体は、懺悔の間と同じくらい。

その隅にはバケツが置かれている。

正面には、まるで屋根から突き出た煙突《えんとつ》のようなものが生えている。

煉瓦づくりの真四角な筒で、正面の壁に一辺が触れている。

上に置かれた木の蓋《ふた》をとると、手前側が高く、奥側が低いというふうに、穴の奥が傾斜《けいしゃ》になっていた。傾斜の先は壁の方に続いている。

目では確認できなかったので風魔法で旋風《つむじかぜ》を作って穴の中を確かめる。

どうやら穴の先は外に繋がっているようだった。

「これが便器になっているってわけか」

つくりからして、この煙突便器のふちにすわって用を足し、バケツの水を使って傾斜から穴、そして教会の外へと排泄物《はいせつぶつ》を流すのだろう。

前世の水洗トイレに比べるとかなりワイルドな仕組みと言えるが、こちらでの暮らしに慣れているとそう驚きはなかった。

「これは改善の余地ありだな。でもまずは、この淀んだ空気をどうにかしよう」

腕まくりをして、再び掃除を始める。

まずは便器の中からだ。

煙突状になっている煉瓦の内側、表面を鋭い風魔法でがりがりと削る。それから、水魔法でしつこく洗い流し、最後に部屋中の空気を、風魔法で便座の底から外に押し出す。これだけでも、不《ふ》浄《じょう》な空気が払われた気がした。

木の蓋は、近いうちに新しく作ることにしよう。教会の裏手に鬱蒼《うっそう》と木が生えていたから、腐っていなければそれらを風魔法で加工すれば作れるだろう。

そう考えて、俺はトイレから出た。

そして、その向かい側にある部屋へと向かう。

「おっ。これは……清めの間だな」

部屋の中央にある深さ四十センチくらいの長方形の窪《くぼ》みを見て、そう確信した。

都市パルムの教会でも何度も見たことがある。重要な儀式の前などに水を溜めて、参列者が体を清める場だ。

当面、使う予定はないかもしれないけれど、一応、掃除だけはしておこう。

見た感じそんなに汚れていなかったが、水魔法でザーッと洗い流した。

清めの間の外に出た俺は、ひとり呟いた。

「そろそろ戻ってきてるかな」

そのまま内陣にある女神像に呼びかける。

「おーい、リアヌン。帰ってきてる？」

シーン。

だが、何の返答もない。

周囲の空気にも神聖な感じはなく、やはりいないようだった。

「さて、どうするかな」

女神像に触れると、柔らかな光が広がって、その上に数字が表れた。

「おっ」

数字を確かめると、44だった数字が96にまで増えていた。

浮かんでいる赤い玉の色も、いくつか濃くなっている。

部屋を三つ掃除して……そういえば、懺悔もしたからな。

もしかしたら、あれも神力を貯めるのに貢献《こうけん》しているのかもしれない。

浮かんでいる赤い玉の中で一番濃いものは、もう手に取れそうな実体感があった。

触れると、頭の中にスキルのイメージが浮かぶ。

最初に触れた玉で見た、パンを手から出すスキルだ。

魔法では、食べ物を手の中から出すなんてことはできないから、まさに神の奇跡って感じがする。

そんなことを考えていたからか、急にお腹が空いてきたな。

このスキルがあれば、パンを出して食べられるんだけど……スキルに必要な神力には少し足りない。

あと6か……ちょっと祈ってみたら、貯まったりしないだろうか。

そんな邪《よこしま》な考えのまま、女神像の前で胸に手を当てる。

感謝と、それから救いを求める祈り。

じっくり時間をかけて、心の中が穏やかになるまで続けてから、目を開けた。

再び女神像を触るが――96。

「ありゃ」

増えてないな、神力。

うーん、やっぱり取ってつけたような祈りじゃだめか？

――ただいまー。いやぁ、神様の会議、疲れた疲れた。

俺が肩を落としていると、女神像のあるあたりから再び声がした。

おっ、ちょうどいいところで女神様が帰ってきたな。

「あ、おかえり、リアヌン。お疲れ様」

――ありがと、アルフ。何してたの？

「いまちょっと祈ってみたんだけど、全然神力が貯まらなかった。これって祈る内容によって、貯まる、貯まらないってあるの？」

――あー、たぶんね、アルフはさっきすでに祈ったからだと思うよ。祈りの内容によっても違うんだけど、同じ人が何回も祈るだけだと、神力は貯まらないみたい。別の人が祈るか、同じ人が祈るにしてもちょっと時間を空けた方がいいと思う。

なるほど、この教会がちゃんと沢山の人に利用される場所にならなければ、神力は貯まらないという仕組みか。

「分かった。じゃあちょっと、外に出てみようかな。この周りに人がいるか、確認してみるよ」

――それがいいと思う。私はこの像から離れられないから、話したくなったらここに戻ってきてね！

「了解！　じゃあ、行ってきまーす」

——気をつけてねー。


そう言って教会を出たはいいが、周りには何もない。

話に聞いた通りスラム街に囲まれているのだが、どうやら少し距離があるようだ。教会を利用してくれる人を探すには、そっちまで出向いた方がいいのかもしれない。

裏手にはちょっとした雑木林《ぞうきばやし》。太い木が密集しており、全て伐採《ばっさい》すればそれなりの木材になりそうだ。

そういえばもう一つ確認しておく場所があったな。

教会の横へ行って、煙突便器の排出口になっている箇所を探す。

壁にそれらしい穴を見つけられず不思議に思ったが、しばらく歩き回ると地面に少しだけ柔らかい部分を発見した。

もしやと思い、土魔法で掘り返す。

『やっぱりそうだ』

煉瓦四つ分くらいの隙間が壁に開いているのが見えた。

おそらく、トイレとして使っていたときはここに穴を掘っていたのだろう。

しかし、時間の経過によっていつの間にか土がかぶさってしまった、あるいは誰かが土をかぶせた結果、今の状況になったのだろう。

煙突便座に排泄した物が、この穴の中にそのまま流れてくると……そういう仕組みのようだ。

「うーん、何とかできないかな。これ」

俺は腕を組んで考える。

いずれ出るだろう汚物がそのまま外に垂れ流されてるのを想像すると、あまり気持ちのいいものではない。

「そうだ！」

俺は思いつくまま、さっそくある方法を試すことにした。

まず土魔法で、穴を深いものにする。さらにその穴が簡単には崩れないよう、土をぎゅっと凝縮《ぎょうしゅく》し、石と同じくらいしっかり固めた。

そしてその穴の底に――

『聖火を灯す』

ボッ。

意図した通り、穴の底に聖火が灯った。

焼却《しょうきゃく》式便所の完成だ！

これなら目に見える場所を流れることがなくなる。

だが待てよ。こんなことに聖火を使ってもいいんだろうか。

本来神聖なものだし……

「ちょっとリアヌンに確認しにいこう」

立ち上がって、後ろを振り返る。

「！」

するとそこには、いつの間にか子供が二人いた。

男の子と女の子。どちらもよく日に焼けた肌で、薄く汚れた衣服を身に纏《まと》っている。履いている靴もぼろぼろだ。

スラムに住む子たちだろうか。

二人が何か言いたそうに、こちらをじっと見ている。

「えっと……」

俺が話を切り出そうとすると、それより先に男の子が穴の中を覗き込んで言った。

「魔法？」

ああ、そうか。聖火をつけたところを見られていたのか。

「あー、うん。そんな感じかな」

「魔法使いなの⁉」

人形を持った女の子が、目をきらきらさせながら聞いてきた。

そうか、魔法が見たくて近寄ってきたのか。

「うん。一応ね」

ボフッ。

手から軽く、火を出して二人に見せる。

聖火ではなく、俺が魔法で出した火だけど。

「うわー！」

「すごい、すごい！」

二人が俺の周りをキャッキャと跳ね回る。

思いの外、喜ばれてしまった。

何か、気恥《きは》ずかしいな。

でも、魔法を見てここまで喜んでもらえるのは、悪い気はしない。

俺は火を消して、今度はウォーターボールを両方の手の上に作り、しゃがんだ。

「触ってみる？」

二人の前に一つずつ水の玉を差し出す。

「「いいの？」」

「いいよ」

恐る恐る、二人が指を入れた。

冷たい水に触れると、強張《こわば》った顔が弾けるような笑顔に変わった。

「冷たーい」

「きゃはは」

癒されるなぁ。

水を触って遊ぶ二人を見ながら、俺は問いかけた。

「二人とも、何やってたの？」

「食べられるものを探してこいって。ばあちゃんが」

少年が答える。

食べられるもの、か。

このイスム地区には、都市パルムから運び出されるゴミでできた幾つものゴミ山があるのだと聞いたことがある。

そのゴミ山に群《むら》がるようにして、スラム街が形成されているのだとも。

この子たちが言う「食べられるものを探す」というのは、そういったゴミ山を転々として食べ物を集めたり、あるいは都市パルムに続く街道に立って、通りかかった人に物乞《ものご》いしたりすることなのだろう。

……ん、待てよ。食べ物。

「そうだ。よかったら、中に入らない？」

俺は教会を指さした。

「え、本当！」

「いいの？　入る！」

スラムという大変な環境で育っているとは思えないほど、二人は無邪気な反応をする。

イスム地区の中にはあまり治安のよろしくない場所もあると聞くけれど、この子たちの住んでいるところはそうでもないのだろうか。

それとも、ある年齢に達したらこの子たちも盗賊《とうぞく》集団などの仲間入りをして、今はキラキラ輝いているこの瞳が邪悪に染まることもあるのだろうか。

とにかく、今この子たちにできることをやろうと思った。

「すごい、すごい！」

「うわぁ、きれい……」

聖火の灯った教会の中を見て、二人は楽しげな声をあげた。

掃除しといてよかった、と俺はホッとする。

「二人はここに入ったことある？」

「うん、前にも入った。でも、今とは違ったよ。もっと暗くて、その……ちょっと怖かった」

確かに。

灯りのついていない無人の教会というのは、子供たちにとってはちょっと怖いかもしれない。

蜘蛛の巣だらけだったし。

「この火も魔法なの？」

燭台に灯った聖火を指さして、女の子が言った。

「それはね、神様の魔法だよ」

「すごい、すっっっごいね！」

「そうだね」

女の子が飛び跳ねる。

――わ、アルフ！　この子たち、どこで拾ってきたの⁉

そんな子供たちの声に気付いたのか、リアヌンが声を上げる。

「いや拾ったっていうか、教会の前を歩いてたんだ。だから中に入ってもらっただけだよ」

そう応えた後、視線を子供たちに戻すと、女の子が不思議そうにこちらを見上げていた。

「誰と喋ってるの？」

しまった！　リアヌンの声を当たり前のように聞きすぎて、普通に応答してしまった。

「えっと……信じてもらえないかもしれないけど、お兄さんは神様とお話できるんだよ」

「え、そうなの！」

再び目を輝かせる女の子。

最初は疑うのが当然の反応だと思ったけど……

本当に純粋な子だ。

「そう。声が聞こえるんだ」

「神様は何て言ってるの？」

——何、このお嬢ちゃん！　マリニア、ちゃんっていうの？　名前まで可愛い！

「可愛い、って言ってるみたいだよ」

「きゃー。嬉しい！」

リアヌンがマリニアと呼んだ少女が頬《ほお》を緩めた。

そういえば俺が入った時もリアヌンは名前を知っていたけれど、俺たちは自己紹介がまだだったな。

「俺はアルフっていうんだけど、二人の名前を教えてもらっていいかな？」

「うん。私、マリニア」

「君の名前も聞いてもいい？」

今度は男の子の方に目線を合わせる。

「ミケイオ、です！」

ミケイオはたどたどしいながらも、敬語で言った。

——敬語が使えて偉いねぇ〜。

おい、堅苦しいのは嫌いじゃなかったんかい。

「マリニアちゃんとミケイオくんね。二人とも、よろしくね」

「アルフお兄ちゃん！」

「よろしくお願いします」

マリニアはにっこりした笑顔を向け、ミケイオはぺこりと頭を下げる。

村の子たちといた時のことを思い出す。当時は俺自身も八歳とかだったけれど、普通に前世の記憶があったからな。大人目線で、小っちゃい子たちの面倒をよく見てたな。

「それで、二人に頼みたいことがあるんだけど。いいかな？」

「うん！」

元気いっぱいに頷くマリニア。

「何をすればいいの？」

ミケイオも興味津々の様子だ。

そんな二人に、俺は女神像を指さして言った。

「ここにある神様の像に向かって、祈ってほしいんだ」

「祈る？」

「そう。こうやって胸に手を当てて、目をつぶって、神様に感謝したり、お願い事をしてみたりするんだ。この教会はずっと人がいなかったから、神様がとても寂しがっていてね。やってもらってもいい？」

「うん！」

「分かった」

本当、なんて素直な子たちなんだろう。

ここは何がなんでもスキルを手に入れて、この子たちにお礼のパンをあげたい。

「じゃあ、やってみて」

二人は頷くと、目をつぶって祈り始めた。

俺は女神像に触れる。

目の前の光の中に、貯まった神力を表す数字が浮かぶ。

９１。トイレの外に聖火を設置したから、それで少し消費されたみたいだ。

二人の祈りで、どれくらい増えるだろうか。

きたっ！

神力を示す数字に、変化が表れ始めた。

数字が徐々に増えている。

おぉ！

１００をあっさりと超え、１２０、１３０、１４０……１８０を超えるとだんだんとそのスピードは落ちて、１８９でほとんど止まった。

よし！　二人分の祈りで、だいたい１００……つまり一人あたりはだいたい５０ってところかな。

——やったね、アルフ！　神力、めっちゃ貯まってる！
俺は笑顔で頷く。
そして二人を振り返った。
マリニアもミケイオも、まだ真剣な顔で祈りを捧げている。
「リアヌン、聞こえる？」
俺は女神像に小声で話しかけた。
——聞こえるわ。なに？
「このスキルが欲しいんだけど、どうすればいい？」
俺はひとつだけ色の変わった光の玉を指さした。
赤だったものが宝石のような青に変わっている。
——その玉を掴んで。それから合言葉を念じてくれれば、スキルの受け渡し完了よ！
「分かった」
俺は青い玉を握る。
自分の頭の中に、スキルのイメージが広がった。
『パンを受け取る』
すると指の間から、握った青い玉の光が一段と強くなって……それから玉ごと消えた。
神力の数字がするするすると減っていき、８７で止まる。

——これで受け渡しできたわ！

「ありがとう」

俺は女神像から手を離した。

振り向くと、二人は祈りを終えてこちらを見上げていた。

マリニアが俺に尋ねる。

「神様とお話してたの？」

「うん。神様、とっても喜んでた。二人にありがとう、って言って贈り物もくれたよ」

「えっ⁉」

二人は顔を合わせた。

「じゃあ手を出して」

「こう？」

二人は素直に両手をお椀《わん》のようにして差し出した。

『パンを受け取る』

パァッと、俺の手が光り出す。

「「わっ！」」

二人が眩しそうに目を細めた。

光がおさまると、俺の手の中に美味しそうな丸いパンが現われる。

焼きたてかのように、じんわりと温かい。

「すごい！」

「これ、神様がくれたの？」

マリニアもミケイオも目を丸くしている。

「うん」

俺は頷いた後、再び『パンを受け取る』と念じた。

もう一つ出せるだろうか。神力が足りるといいけど……

パァッ。

「もう一つ出てきた！」

マリニアが愉快《ゆかい》そうに拍手した。

よかった。足りたみたいだ。

「はい。どうぞ」

子供たちが手で作った器の上に、俺は一つずつパンをのせた。

「ありがとう！」

「二つももらっていいの？」

「二人とも一生懸命祈ってくれたから、神様がいいよって」

二人が笑顔になる。

「ありがとう、神様！」

「アルフ兄ちゃんも、ありがとう！」

「いえいえ」

――はぁぁぁぁ癒されるぅぅぅぅ……天界疲れに効くわぁぁ……

子どもたちの反応がよほど嬉しかったらしい。

天界も色々と大変なのだろう。

マリニアは上目遣いで、ミケイオのことを見た。

「ねぇ、お兄ちゃん。食べていい？」

ミケイオは首を横に振る。

「だめだよ、おばあちゃんのところに持って帰らなくちゃ」

「そっか……」

マリニアががっくりと肩を落とす。

「ねぇ、二人の家には誰がいるの？」

「えっと、おばあちゃんがいます。僕とマリニアと、三人で暮らしてる」

ミケイオがそう説明してくれる。

「そうなんだ。ちょっと待ってね」

俺は女神像に触れて、神力の残量を確認した。

５８か。パン一つで、１５くらい神力を消費するみたいだ。

あまり余裕はないけれど、ここでケチケチしても仕方ない。

『パンを受け取る』

パァッ。

三度俺の手には丸いパンが現われる。

それを俺はミケイオの手にのせた。

「はい。おばあちゃんの分も、持って帰ってあげて」

「い、いいの？」

ミケイオが目を見開いて言った。

「いいよ」

「ありがとう、アルフ兄ちゃん！」

「ありがとう！」

マリニアがじっとミケイオの方を見る。

食べたくてうずうずしているのだろう。

ミケイオが、それを察して俺に確認する。

「えっと……僕たちがもらった分、食べていい、ですか？」

「もちろん」

俺は笑って答えた。

「「ありがとうございます！」」

二人は無我夢中でパンを食べ始めた。

――ねぇ、アルフ！　見て！　像に触って！

ものすごい勢いでパンを食べている二人をほっこりしながら見ていると、リアヌンのはしゃぐ声が聞こえた。

どうしたんだろう？

リアヌンに急かされるまま、像に触れると――

２９８……!?

パンを出したことで３０くらいまで減っていたはずの神力が、十倍近くになっていた。

どういうことだ？

――ちょっ、ちょっと待って。すぐに本で確認するから！

そういう仕組みって、本で確認してるんだ……神様の変な裏側を知ってしまった。

それはさておき増えた理由だ。

確認を終えたらしいリアヌンが頷く声が聞こえる。

――なるほど、そういうことか……

「どういうこと？」

——えっと……色々書いてあるんだけど、簡単に言うと「人助け」をしたことが良かったみたい。アルフがちびっこたちにパンをあげて、彼らが喜んだり救われたと思った気持ちが、神力につながったんだと思う。

ほうほう、そういうことでも神力は貯まるのか。まぁ、それはそうか。人を救うための教会であり、神の力だもんな。

「ゴ、ゴホッ！」

「大丈夫か、マリニア」

振り返ると、マリニアが咳き込んでいた。

俺は咄嗟に目の前にこぶし大のウォーターボールを出現させる。

そしてそれをマリニアの顔の前に持っていった。

本当はコップみたいなのがあればいいんだけど……

「飲んで」

俺の言葉にマリニアは頷き、ウォーターボールに口をつけた。

「……ありがと、アルフお兄ちゃん！」

「どういたしまして」

「アルフ兄ちゃん、僕ももらっていい？」

ミケイオが少し恥ずかしそうに言った。

「もちろん」

俺はそう答えてから、水を魚の形にした。

「うわぁ！　形が変わった！」

マリニアが明るい声を上げる。

「ミケイオ、口を開けて」

ミケイオが小さな口を開ける。

俺がその中に、水で作った魚をぴょんと飛び込ませると、ぱくっと口を閉じて飲み込んだ。

「どう？」

ミケイオはけたけた笑って応える。

「美味しい、ありがとう」

つられて俺も笑顔になった。

「どういたしまして」

「私も！　私もやって！」

今度はマリニアが大きく口を開ける。

水魔法で、次はちょうちょの形を作る。

「あ、ほうほあ（ちょうちょだ）！」

マリニアが口を開けたまま、指さす。

水のちょうちょはパタパタと羽ばたいて、マリニアの口に近づく。

ぱくっとマリニアは、タイミングよくそのちょうちょを口の中におさめた。

マリニアがにっこり笑う。

ずいぶん長い間、この子たちを引き留めちゃったな。

そろそろ帰してあげないと。

パンを食べ終えた二人を連れて、俺は教会の外へ出る。

「じゃあ二人とも気をつけて帰ってね、また来てくれると俺も神様も嬉しいな」

「うん、ありがとう！　アルフお兄ちゃん！」

「また明日ね！」

兄妹は、手を振って帰っていった。

俺はそれを見届けてから教会の中に戻る。

——二人とも帰った？

「うん、帰ったよ」

——あー、残念。もうちょっといてくれたらよかったのに。

「もう外が暗くなり始めてたからね。あんまり引き留めたら、彼らのおばあちゃんが心配するよ」

——そっか。それもそうだね。

「でも、明日も来てくれるって言ってたから」

教会から出る時、二人そろって「また来てもいい？」と不安げに尋ねてきたのだ。

俺が好きな時においでと答えたら、マリニアもミケイオも「明日！」「明日になったらすぐ来るね！」と意気込んでいた。

しばらく教会は賑《にぎ》やかになりそうだ。

女神像に触れて、神力を確認する。

３２２。二人にパンをあげた後３００に届かないくらいの数値になっていたけれど、また少し増えている。

水をあげたり、一緒になって遊んだり、そんなことをしている間に貯まったようだ。

神様にとっても、教会が賑やかなことは喜ばしいことなのかもしれない。

静かになった教会で俺は伸びをしながら言った。

「少し早いけど、今日は寝ようかな」

――そうね。いろいろあって疲れたでしょう。考えてみたら、アルフとは今日出会ったばかりなのね！　もうずっと知り合いだったみたい。

「ありがとう。俺もそんな感じがするよ」

――ふふっ。で、どこで寝るの？

「毛布持ってきたし、ここで寝ようかな」

俺は下を指さした。

――大丈夫？　床なんて……身体痛くならない？

「大丈夫だよ。どこでも寝られる方だから」

――そう。

少し申し訳なさそうな気持ちを声に滲《にじ》ませて、リアヌンが応える。

「ありがとう、心配してくれて。リアヌンは寝たりするの？」

――うん。私も普通に寝るよ。こっちの世界も、そんなにそっちと変わらないよ。神力が使えるから、そっちの世界の人たちよりは多少できることが多いかもしれないけど……

「そうなんだ」

意外な回答だ。それじゃ神様というよりは、別の世界の人って感じだな。

――普通に食べたり、寝たりするよ。仕事に嫌気がさすこともあるし、転職だって……

「ははは……」

天界もいろいろと大変らしい。

少しの間の後、俺はリアヌンに聞きたかったことを思い出した。

「あ、そういえばトイレに聖火を設置しちゃったけど問題なかったかな」

――うん、いいんじゃない？

あっさり許可が下りたことに、俺は驚く。

リアヌンがそのまま言葉を続けた。

――聖火は神力が続く限り消えないし、普通の火と違って、出した人とか神とかの意志を反映するからね。燃やすものと燃やさないものを分けることだってできる賢い火なんだよ。

リアヌンの言い方から得意げなものを感じた。

初めて聖火の特性をちゃんと聞いた気がする。俺としては、魔法と違ってずっと意識せずともつけていられるから聖火を利用したのだが、そんな長所もあったとは。

――あ、そうだ。聖火といえば消す時の合言葉も決めてなかったね？　どうする？　やっぱり、ゴット・ファイアー……

「『聖火を消す』でお願いします」

俺は女神のリアヌンを遮るように応える。

――なんだよー、捻《ひね》りがないなー。

いや念じるの俺だし、ゴットファイアーは恥ずかしいよ……

――あ、ちなみにね、聖火で燃えたものって「聖灰《せいはい》」になるんだけど、畑とかに撒くといいらしいよ。野菜とかぐんぐん育つから。

「へー！」

教会の周りには土地がいくらでもあるし、近いうちに畑づくりをするのもありかもしれない。

リアヌンにもそう話すと――

――うん、それはいいね！　スキルで得られる食べ物もいくつかあるけれど、全部の食べ物が出せるわけじゃないからね。神力もそれなりに消費するし、食料を確保する場所はあった方がいいよ。

リアヌンはそう賛成してくれた。

やりたいこともやることも増えてきたなぁ。

「色々教えてくれてありがとう。それじゃ、先に寝させてもらうよ。明日からもよろしく」

――うん！　じゃあ、またねー。おやすみー。

「おやすみなさい」

鞄《かばん》から取り出した毛布を体に巻き付け、教会の床で横になる。

自分ではあまり気付かなかったが、知らぬ間に疲れがたまっていたようだ。

目をつぶると、すぐに意識は真っ暗になった。

第三話　来訪者が増えた⁉

次の日、俺は朝早くに目を覚ました。

「リアヌン？」

呼びかけてみたが、特に返事はない。

まだ寝ているのかもしれない。

俺はあまり音を立てないように起きて、毛布を鞄の中にしまう。

それからトイレで小用を足した後、水魔法で煙突便器を綺麗にして、教会の外へ出た。

朝日は山に隠れて、まだ見えなかった。

外は早朝で、空は冷たい青だった。

教会の横に回ると、穴の中で昨日灯した聖火がもくもくと燃えている。

排出口付近のやや湿った地面に、水をかけて洗い流した。

それから土魔法を使って、排出口から穴の中心へのちょっとした坂を作る。

さらに外から排出物が見えないよう、穴全体と教会の壁の排出口を土魔法で作ったドームで覆った後、出た煙を逃がすためにドームの上にいくつか穴を開ける。

修繕《しゅうぜん》を終えると、俺は教会に戻った。

『パンを受け取る』

光とともに、パンが現れる。

朝食として【神力】で出したそのパンをむしゃむしゃと食べた。

うん。美味しいけれど、何の変哲《へんてつ》もないただのパンだ。

お腹を満たすためだけならこれで十分だけど、さすがにすぐに飽《あ》きがきそうだし、栄養バランスも気になる。

神力を貯めて別の食べ物を出すスキルを獲得したり、食料を手に入れたりする方法を模索していこう。

パンを食べ終えてから、ウォーターボールを発生させて、喉を潤《うるお》した。

さて、ミケイオたちが会いに来る前に、作業を始めるか。

教会の裏にある雑木林にやってきた。

森と呼んでもいいくらい、鬱蒼としていて、生えている木や植物たちから溢れんばかりの生命力を感じる。

俺はあたりの木々を見回した。

「こいつはいいや」

試しに風魔法で、手近な大木をスパンと切り、風を吹かせて倒す。

ガサガサガサガサ……ドスッ。

葉を揺らしながら、木が倒れる。

断面を嗅いでみると、自然のあたたかみを感じさせる香りがした。

「よし」

さらに根本に近い方をスパンと切断し、三十センチくらいの木材をゲットする。

倒した木も、太さがあって使えそうなところだけ切り取って二つの木材にする。

さらに別の低めの木を切り倒して、これも三十センチ程度で二つに分ける。

全部で五つの三十センチ木材を切り出した。

それらを教会に持って帰ると、女神の声が聞こえた。

――おはよー。

「あ、起きたんだ。おはよう」

――うん。いやぁ、よく寝ましたわ。そっちは何してたの？

「木、切ってた」

リアヌンと話しながら、内陣の前に五本の木材を並べる。

――魔法で？

「もちろん」

――昨日も思ったんだけど、アルフの魔力は底なしなの？

「そういうのって、神様は見えるものなの？」

つい気になって問い返してしまった。

――あー、よく人から誤解されるんだけど、私たちそんなに万能じゃないのよ。そっちの世界に干渉《かんしょう》できることなんて、すごく限られてるから。まぁ神によっても違うから、一概には言えないけどね。私はぺーぺーなんで、読み取れるのは名前とかどういう性格かくらいかな。

「ふーん」

そういうもんなのか。

学校で勉強した神話の内容だと、英雄的な神が思い通りの力を振るっていたけれど、それとはだいぶイメージが違う。

魔法使いもレベルで実力がピンキリになるみたいに、神にも力量差があるようだ。

そんなことを考えながら手に持っていた木材の一本を床に置いて、風魔法で加工していく。

——それで？　話戻すけど、アルフはそんなに魔法使って魔力の心配はないの？

「さぁ……」

——さぁって。

「底をついた経験がないから俺も分からないんだ」

——……え？

「自分の魔力が一気になくなるくらい大きな魔法を使わないんだよ。疲れるの嫌だからさ」

——大きい魔法を使っていなくても、使用回数は結構多いじゃない？　ガンガン魔法使ってるのを見たし……

「掃除用の水を出すくらいなら大した魔力使わないよ」

——風とか火も？

「属性こそ違うけれど、魔力量でいえば大したことはないね」

——んー、私、これまでそこそこの魔法使いを見てきたつもりだけど……まぁいいや。この話はおしまい！　それで？　今は何してるの。

「ああ、これを作ってたんだ。どうかな？」

完成したものを手で持って自分の顔の前まで持っていく。

――コップ？

「うん。昨日、あの子たちがパンを食べていたとき、水を飲ませたんだけど……それを見てコップがあればなって思ったんだ」

ウォーターボールから飲ませるのもできなくはないが、多少飲みづらさはあるだろう。

表面の幹を切り落として、その木材から小さな木のブロックを切り出す。それから中をくり抜いたらコップらしきものが簡単にできた。

――器用だねぇ……

出来立てほやほやのコップをウォーターボールの中で洗った後、濡れたコップを火で乾かす。

自分の火魔法を発動しようとしたら、リアヌンから待ったがかかった。

――あ、ちょっと待って。聖火を使ったら？

「えっ？」

――聖火の中に入れてみてよ。

「でも、これ木だから燃えるんじゃ……」

――いいから、いいから！

木製コップを火に入れるなんて大丈夫なのか？

台に置かれた燭台に灯る聖火を一瞥してから、俺はリアヌンに言われるまま、コップをその火にくべた。

聖火が、コップを包み込むように燃え上がる。

「あっ……」

——まだよ、まだまだ……はい、とめて！

彼女の指示で俺は合言葉を唱えた。

『えっと……聖火を消す！』

コップを包み込んでいた聖火がすうっと弱まって消える。

そして後に残ったコップはといえば——

——どう？

「これ、どういうこと……!?」

聖火の火で燃やす前はただの木だったはずが、まるで銀でできているかのようなカップに変わっている。

——へへっ。『聖杯《せいはい》』の出来上がり！

「せ、聖杯!?　どうしてこんなことが？」

——聖属性を付与したの。聖火のように聖属性を持つものはね、他の物質にその聖属性の力を分け与えることがあるの。これ、魔法楡《まほうにれ》の木でしょう？　魔法とも相性がいいけれど、聖属性とも相性の良い木の一つなのよ。だからこうやって、聖杯ができたってわけ。もちろん聖属性と相性のいい物質であっても、普通に燃やしたいと思ったら炭になるまで燃やすこともできるよ。意識すると使い分けできると思うから、気が向いた時にでも試してみてね。

『すごい……』

どうやら聖火には色んな力があるらしい。

最初は、「聖火は神聖な火で……神聖な火なんだぞ！」ぐらいしか特徴を教えてくれなかった気がするけれど、聞けば聞くほどすごい力だ。

こんな使い方もできるなんて……

なんだかこの感じだと、ほかにも隠れた効果がある気がしてきた。

「でもこんな価値のありそうなもの、普通に使ってもいいの？」

俺は聖杯を見ながら言う。

——いいよ、いいよ。だってそのコップ、あの子たちに使わせてあげたいと思って作ったんでしょう？

「うん、まぁ。でも自分も使おうとは思ったよ？」

——もちろん使って！　アルフが金目のもの目当ての私腹肥やしじじいだったらこんなこと教えてあげないよ。でもみんなで使おうと思って作ってくれたんだし、そういうのは神様的に全然ありだから。聖属性が付与されたものは悪いものを寄せ付けないし、長持ちするの。どんどん作っちゃって良いよ。

「分かった。ありがとう、リアヌン」

――へへっ。別に私は、神力の使い方を伝えただけだけどね。

「いやいや。すごく助かるよ」

――ふふっ。じゃあよかった。

リアヌンの言葉に甘えて、残り二つのコップも聖杯にした。

これならあの二人も喜んでくれるかなと思いつつ、次の作業に取り掛かる。

とってきた五本の木材のうち、一本をコップに使ったから、残りは四本。

その四本を教会の床に並べて、俺は魔力を集中させた。

――いやぁ、本当になんでもできちゃうんだね……

「なんでもってことはないよ」

土魔法の応用で、石や、木の素材を変化させる魔法がある。

一般的には「石魔法」、「岩魔法」、「木魔法」などと区別されるが、土魔法と要領が同じなので、土魔法の一種とされている。

まぁ俺の中では、四大属性もほぼ一緒の感覚で使っているけど……

四本の木材は、魔力によって一つの板に形を変えた。

表面の皮は切り落とし、教会の窓から外に捨てる。

中のつるつるした部分が露出した、綺麗な板の出来上がりだ。

――これ、何に使うの？

「便座の蓋がボロくなってたから。新しいものに変えようと思って」

――おっ、じゃあそれこそ聖火で燃やすと良いよ！　汚れることなく、長持ちするからね！

「ありがとう。じゃあお言葉に甘えて、そうさせてもらおうかな」

『聖火を灯す』

目の前に、イメージした通りの大きな聖火を出現させて、その中に今作った板を放り込む。

――うーん、慣れたね～。上手い、上手い。

「そりゃどうも」

『聖火を消す』

聖火の中から銀色の輝きが放たれた。

聖杯と同じ銀色に染まった蓋が出来上がった。

――『聖蓋《せいがい》』の完成！

「偉大なるリアヌン神に感謝です」

俺はリアヌンがいる方向に頭を下げた。

――えへへ。敬い給えよ。

なんとなく胸を張ってドヤ顔しているリアヌンのイメージが浮かんだ。

顔はまだ知らないけれど……

「へいへい」

俺はそう流して、個室に向かった。

元あった木の板便座を外に捨てて、代わりに煙突便座の上に新しい銀の蓋を置く。

この教会の使い勝手が少しずつよくなっていくのは素直に嬉しい。

一人満足しながら女神像の前に戻ると、リアヌンが俺に言った。

――ごめーん。ちょっと行かなくちゃだから、しばらく消えるねー。

「分かった。いってらっしゃい」

――寂しい？

「はいはい、寂しい、寂しい」

――むきー！　なにそのテキトーな言い方は！

「ごめんごめん。用事に遅れるよ。行って来な」

――本当は寂しいくせに。

神様とは思えない捨て台詞《ぜりふ》を最後にリアヌンの声が聞こえなくなった。

リアヌンが去った教会で、俺は女神像に感謝の祈りを捧げる。

あんだけ近くでワーワー喋るのがいなくなったら、そりゃちょっとは寂しいかもね……ちょっとはね。

俺は女神像に触れた。

表示された数字は、４１２。

『おっ、順調に増えてるな』

赤く光る玉の中に、青色に変わっている玉がいくつかあった。

パンを出す以外に何か使えそうな能力はないかな？

一つ一つ触って、どんなスキルなのかを確認する。

『お、これ良いかも』

合言葉を決めて、そのスキルを受け取る。

神力は８２まで下がったが、あまり気にならなかった。

あの子たち、喜んでくれると良いな。

そう思っているうちに教会の扉が開いた。

「お邪魔しますー」

「アルフお兄ちゃん、おはよー！」

おお、来た来た。噂をすればなんとやらだな……

さらにその後ろに数名の人影。

ミケイオとマリニアだけでなく、新たに子どもたちを連れてきたようだった。全部で七人いる。

そして最後尾には……おばあさんの姿。

昨日ミケイオたちが話してくれた人だろうか。

「ほら、あなたたち。行儀《ぎょうぎ》良くするんだよ」

おばあさんは子供たちに言った後、俺の前に来てぺこりと頭を下げた。

「おはようございます、神官様。昨日はミケイオとマリニアが大変お世話になりました。それにあんな美味しいパンまでいただいて」

「いえいえ、とんでもないです」

「こんなものしかなくて申し訳ないのですが、お受け取りください」

そう言っておばあさんが使い古した巾着《きんちゃく》を俺の前に差し出す。

中には銅貨と銀貨が、何枚か入っていた。

俺は自分の顔の前で手を横に振った。

「！　受け取れないですよ！」

「しかし、良くしていただいてパンまでいただいたのに……」

子供たちが俺とおばあさんのやり取りを不安げに見守る。

俺はこほんと咳払《せきばら》いして言う。

「あのパンはこの教会におられるリアヌン……失礼、リアヌ神からのいただきものなのです。神はあなた方からお金をいただくことを望まれておりません。私が仮に受け取ってしまえば神はお怒りになって、もう二度と私たちを救ってはくださらなくなるかもしれません」

リアヌンが実際にどう思っているかはともかく、俺は神妙《しんみょう》な面持ちでそう伝える。

すまんな、リアヌン。ちょっと厳格な神っぽく伝えさせてもらうぞ。

「そ、そうなのですか……？」

おばあさんはオロオロした。

信心深く、そして素直な人だ。

このおばあさんに面倒を見てもらっているから、ミケイオもマリニアも綺麗な心のまま育っているのだろうか。

そんな素直な人を脅すようなことをするのは心が痛むけれど。

お金はどうしても受け取りたくなかった。

「では、私たちに何かできることはありませんか？」

おばあさんが改めて俺に尋ねる。

「でしたら、あの女神像に向かってお祈りをしていただけませんか？　リアヌ神は、とても人間が好きな御方なのです。あなた方が感謝の気持ちを伝えてくれれば、きっと喜んでくださるし、ますます大きなお力を貸してくださるでしょう」

これでお婆さんも納得してくれるだろうと思ったら、なぜだか恐縮していた。

どうしたのだろうか？

「そ、そんな！　私たちみたいな者が、お祈りさせていただいてもよろしいのですか？」

恐る恐る聞いてくるおばあさんを見て、俺は首を傾げた。

「えっと……もちろんですよ？　そもそも教会とはそういう場だと思うのですが」

言いづらそうに言葉を続けるおばあさん。

「以前ここにおられた神官様は、私たちが祈るのはだめだとおっしゃられたのです。ここは遠くの都市から来られた方がパルムに着くまでに休憩されるために寄る場所で、お前たちのような下賤《げせん》の者たちが通っていい場所ではないと……」

「！」

俺は目を見開く。

前任者はそんなひどいことを言ったのか。信じられない。

すぐさま膝をついて、おばあさんに謝った。

「申し訳ありません。神に仕えるべき我が同胞《どうほう》がそんな失礼なことを言ったなんて……！」

「いえ、そんな、滅相もない！　わたしらがいけないのです。こんな汚い身なりで、もしよそから来た人たちが見たら、街の印象を悪くしてしまいますし……」

「とんでもないです！　これからは、いつでも来たいときに来てください。神もそれを望んでおられます。前任者の言葉など忘れてください！」

俺はおばあさんに強く訴えた。

「なんと、ありがたいお言葉……」

おばあさんの瞳から透明な涙が頬を伝った。

俺はそんなおばあさんと子どもたちの背中を押して、内陣まで案内する。

それから女神像の前に来てもらい、みんなに祈ってもらった。

「どんなことでも構いません。神様に聞いてもらいたいことや伝えたい気持ちがあれば、目をつぶって、お話してみてください」

子供たちは最初ふざけ合っていたが、すぐにおばあさんの見よう見まねで祈り始めた。

教会が、しんと静かになり、清涼《せいりょう》な空気が教会に満ちた。

祈りを捧げる人々を前に、俺は不思議な感動を覚えた。

――わぁぁぁぁぁぁぁ！　いつの間に！　ちびっこがたくさん!!　癒されるぅぅぅっうっ！

リアヌンの一声でせっかくの静けさが台無しに……

「おかえり、リアヌン」

熱心に祈りを捧げるおばあさんと子供たちに背を向けて、俺は小声で女神像に話しかける。

――ただいま、アルフ。やったね！　なんかすっごい……教会って感じ！

いやいや、もともと教会だからね。

でもまぁ確かに今までの状況から考えると、そう考えるのも仕方がないか。

まさか前任者が、祈りたい人たちを拒《こば》んでいたとは。

リアヌンは、どうやらそのことを知らなかったようだけど。

小さい子数人がちらちら目を開けて周りを見始めた。集中力が切れて来たらしい。

「ありがとうございます。じゃあ祈り終わった人から、こちらに来てください」

俺は横にずれて、小さな子たちを呼ぶ。

小さな子たちは戸惑っていたが、ミケイオとマリニアが「行こっ」と呼んだり、手を繋いだりして連れて来てくれた。

「ありがとう、ミケイオ、マリニア」

「うん！」

「大丈夫、です！」

ミケイオとマリニアは張り切った表情で頷いた。

この子たちの中では、数歳の差かもしれないけれど、どうやら二人が年上で、皆のまとめ役のようだ。

「じゃあ、神さまからの贈り物を渡すね」

子どもたちは何が起きるか分からずキョトンとしている。

『パンを受け取る』

パァッと光が起こると、みんなびっくりした顔で俺の手の中を見つめた。

そして突然現れたパンに、歓声を上げた。

「みんな一個ずつあるから、順番にどうぞ」

パンを手から出して、子供たちに渡していく。

「ありがとう！」

「どうやってやったの？」

「私、メイレリア！　はじめまして！」

子供たちが口々に喋りかけてきた。

ミケイオとマリニアがいなければ、収拾がつかなくなったかもしれない。

興奮した子供たちを二人が慣れた様子でまとめてくれたおかげで、なんとか俺はみんなとコミュニケーションをとりつつ、パンを渡すことができた。

そこに長い祈りを終えたおばあさんが合流した。

俺は手からパンを出し、おばあさんに差し出した。

「なんと、これは一体……」

「この教会におられるリアヌ神が、皆さんにとプレゼントをくださったのです……受け取ってください」

「ありがとうございます、ありがとうございます……」

おばあさんは涙を流して、感謝を述べた。

パンを受け取ると、おばあさんが俺に尋ねる。

「あなた様は神の使者様なのですか？」

「違います。俺はただ、神さまのお声を聞く力を与えられた神官の見習いで、アルフと言います。

この教会の教会主になるように言われて、やって来ました。どうぞよろしくお願いします」

「私はロゲルと言います。ああ、アルフ様、なんと懐《ふところ》の広いお方……」

名前を名乗っただけなのに、ロゲルおばあさんが俺にまで祈り始める。

「やめてください、俺は神様のお力をわけてもらってるだけですから」

俺が戸惑っていると、ミケイオとマリニアが興奮した様子でやってきた。

「「アルフお兄ちゃん！」」

「ん、どうしたの？」

「昨日のやって！　お水のやつ！　この子が喉乾いちゃったんだって！」

昨日ウォーターボールで水を飲ませたことを言っているのだろう。

「ああ、そういうことなら、今日はちょっと違うものがあるんだよ」

俺は銀のコップを三つ取り出した。

子どもたちが目を輝かせる。

「なにそれー！」

「綺麗！」

「何も入ってなーい」

「コップ？」

「そうコップ。見ててね……」

子供たちは、俺の腕にしがみついてコップの中を覗き込む。

子供たちに聖杯を渡して、俺は、女神像を通して新たに授かったスキルを発動する。

『葡萄水《ぶどうすい》を注ぐ』

銀のコップに、濃い葡萄色の液体が注がれた。

「うわぁ！」

「なにこれ！」

子供たちの反応は上々だ。

「神様がくださった、葡萄の搾り汁だよ。なくなったら注いであげるから順番に飲んでね」

「はーい！」

子どもたちが元気良く手を挙げた。

ミケイオとマリニアが率先してまとめてくれるので、コップの奪い合いにはならない。

葡萄水を飲んだ子供たちは、パッと顔を明るくし嬉しそうに笑った。

「美味しい！」

「甘い！」

「もっとちょうだい！」

「だめだよ、順番だよ！　次はこの子に渡して」

「ありがとう、ミケイオ」

ミケイオが回収してくれた銀のコップに、葡萄水を注いで再度渡す。

「はい、どうぞ」

「ありがとう！」

「どういたしまして」

「まぁ、なんとお礼を言って良いのやら……」

ロゲルおばあさんは、俺たちを見て感激しきりの様子だった。

「またいつでも来てください。皆さんがお祈りしてくださると、神様も喜んで力を分けてくださいますから」

帰り際、子どもたちが口々に「また来てもいい!?」と聞いてきたので、子供たちには、「いつでもおいで！　その代わり、明るい時間にね」と伝えておいた。

この辺りはそれほど強力な魔物が出ないらしいとは聞いているが、それでも用心するに越したことはない。

誰かと一緒に来たいという声も多かったので、「いいよ！　たくさんの人が来た方が、神様も喜ぶからね」と笑顔で応えた。

「あの、実は私のお知り合いにも、ずっと教会に行けず、祈ることができずにいる方がいて……」

とロゲルおばあさんが辛そうに言う。

「それは大変でしたね。いつでもこちらに来てくださって構いませんから。ロゲルさんもですよ」

と念を押した。

「本当に、なんと感謝すれば良いのやら」

ロゲルおばあさんは鼻水を啜《すす》りながら声を詰まらせた。

全員にもう一つずつお土産のパンを渡した後、日が傾く前にみんなは街へ帰っていった。

最後まで子供たちは楽しそうだったし、ロゲルおばあさんは感謝の言葉を繰り返していた。

——お疲れさま、アルフ！　みんな喜んでたね。

「ああ。あんなに喜ばれるとは思ってなかったよ。力を分けてくれてありがとう、リアヌン」

——いえいえ。こちらこそ、アルフが来てくれて助かった！　このままいけば天界での私の評価、爆上がりよ！

俗っぽい神様だなぁ。

「それにしても子供たちもすごい元気だった。ミケイオとマリニアがまとめてくれなかったら、本当どうなることかと……」

——ふふっ。超絶魔法使いのアルフでも、やんちゃな子たちには手を焼くのね。

「なんだよ、それ」

リアヌンの笑いにつられて、俺もふっと噴き出した。

——あ、ねぇねぇ、アルフ！　今確認したけど、神力すごく貯まってるよ。見てみて！

「えー、どれくらいだろう？」

俺は女神像の前に立ち、手を翳《かざ》した。

光の中に浮かんだ数字は……

「せ、1285⁉」

とうとう1000の大台にのってしまった。

パンも葡萄水も惜しげなく振る舞ったのに、これはすごい。

――アルフ、本当に頑張った！　渡せるスキルも、いっぱい解放されてるし。

リアヌンも大喜びの様子。

「ありがとう。うわぁ、これは迷うなぁ……」

青くなった玉に触れて、スキルの内容を一つ一つ確認する。

どれも魅力的なスキルだったが、その中で一つ、すぐにでも欲しいものを見つけた。

「そうだ、これにしよう」

――おっ、何か使いたいことがあるの？

「うん、実はこういうことがやりたいんだけど……」

十中八九大丈夫とは思ったけれど、リアヌンに自分の考えていることを一応話してみる。

――いいよ！　神様的には、何の問題もなし！

「ありがとう」

やはりリアヌンは、気持ちよく許可してくれた。

「じゃあ、このスキルの合言葉は……」

次の日の朝。教会の前にいた俺の耳に聞き慣れた元気な声が届いた。

「「おはよう、アルフ兄ちゃん！」」

ミケイオとマリニアだ。

「おはよう」

俺が彼らの方を見ると、そこには――

昨日よりさらに多くの人影があった。

子供たちとロゲルおばあさんは、予想以上に知り合いをたくさん連れてやってきたようだ。
一、二、三……ざっと数えただけで、三十人は超えている。
これは、すごいことになってきたぞ……！

「はじめまして、アルフ神官。息子から聞きました。すごくお世話になったみたいで……」

子供の父親らしき男性が、手を差し出してきた。

彼の隣には、昨日来た子たちの一人がちょっと照れくさそうに立っていた。

しっかりした人らしいけれど、子供たちと同じく、貧しい暮らしをしているんだろうなと思わせる身なりだった。

「とんでもないです。この教会を任されました、アルフです。よろしくお願いします」

俺は男性の手を握り、握手を交わした。

その後も大人たちから握手を求められる。

「お世話になります」

「はじめまして」

大人が混じったことで、きちんとした挨拶のやり取りが行われる。

昨日の子供たちの名前は大体覚えたと思ったけれど、ここに来てさらに人数が増え、もはや誰が誰だか分からなくなりつつある。

でもせっかく来てくれたのだから顔と名前だけでも覚えたい……！

「ねぇねぇ、これ何？」

「水がいっぱい！」

子供たちが、俺の服の裾《すそ》を引っ張って声をかけてくる。

「ああ、これね。神様にお水を出してもらってるんだ」

俺が答えると、子どもたちがワクワクした様子で水の周りに集まる。

「うそー！　すごい！」

「ねぇ、ねぇ、触っていい？」

「うん、いいよ」

「やった！」

「きゃあ！」

朝からものすごいテンションだな。

俺は思わず笑ってしまう。

でも喜んでもらえたみたいで良かった。

この水は、子供たちが帰ってから入手したスキルで出したものだ。

新たに獲得したのは、指定した場所に聖水が出る泉を作ることができるスキルだった。

「聖水って、普通の水と何が違うの？」

俺がそう聞くと、リアヌンはスラスラ説明してくれた。

——うーんと、そうだね。聖火とかと同じで、聖属性の水なんだけど。汚れや呪いを嫌う、自浄作用の強い水なの。つまり、とっても綺麗な水ってこと。

「へー。人間が触ったり、飲んだりしても問題はないの？」

——ないよ！　むしろ、皮膚《ひふ》の汚れが落ちて綺麗になるからおすすめだよ。すっきりしてて、飲みやすいし。呪いも解けるよ！

「そうなんだ」

——なに？　やけに嬉しそうな顔してるね、アルフ。

「えっ、そう？」

——うん。めっちゃにやにやしてた。

それは恥ずかしい。

でも自浄作用が強い水なんて、今の状況では使い道がありすぎる。

ありがたいアイテムだ。

「じゃあこのスキルをもらうよ。合言葉は……『ここに、聖なる泉を』で」

それからついさっきまで泉を作る準備をしていた。

生え散らかしていた雑草を全てどけて土だけを取り出し、教会に向かって右側の地面に土魔法をかけて、高さ四十センチくらいの土手を作り、円状に囲んだ。

土手部分と円の底は、土を圧縮して、簡単に壊れたり、植物が入り込んだりしないようにする。

それから土手に囲まれた円の中に、聖水が湧き出るスキルを使用。

聖火と同じく、神力がなくならない限りずっと聖水が湧き続けるらしい。

聖水を止める合言葉は、『泉よ止まれ』にした。

今、水は土手の上から少しずつこぼれている。

設置の苦労の甲斐あって、子どもたちは大喜びだ。

「気持ちいい！」

「ねー！」

最初の一人二人が手をつけると、次々に子供たちが集まってきた。

みんなで水が溜まっている場所を囲み、その中に手を入れて、はしゃぎ始めた。

お互いに水をかけあったり、水で顔を洗ったりと思い思いに楽しんでいる。

今日は天気もよくそれなりに暑いから、聖水の冷たさはちょうど良いだろう。

しばらくしてから、俺は手をパンと鳴らした。

「じゃあここで手を洗った人は中に入ってくださーい。教会の中で、パンと葡萄水配りまーす」

「やったー！」

子どもたちが泉から出て教会に向かい始める。

「洗うの終わりー！」

「こら、走らないよ！」

「あはははは!!」

とにかく子どもたちの勢いがすごい。

人数が増えたこともあって、ちょっとした孤児院のようになっている。

ミケイオとマリニアは何とか彼らをまとめようと奮闘してくれていた。

大人たちは戸惑いつつ、その後について回っている。

ここでは、ミケイオたちの方が先輩だ。

――いらっしゃーい。うわー！　可愛い子ちゃんがまた増えたー！　ふぅー!!　癒されるぅうっうう！

子どもたちだけでなくテンションが高いのがここにも一名いた。

昨日来た子たちが教会の中を見てから口々に尋ねてくる。

「うわぁ、何これ！」

「テーブル？　テーブルじゃない!?」

「座っていい？」

「何するのここで！」

俺は、昨日も来た子たちから質問攻めにあった。

古ぼけた椅子が二脚しかなく、がらんとしていた前までの教会の広間に、せっかくだからと、横に長いテーブル一つと同じくらい長いベンチを二つ用意した。

テーブルをベンチ二つで挟み、大勢で向かい合って食べられる食卓が聖堂に出来上がった。

これも泉と同じで、午前中に準備したものだった。

材料はもちろん、教会裏の雑木林から拝借した。

このために木を十本近く切り倒したが、まだまだ鬱蒼としており、当面の間、木材に苦しむことはなさそうだ。

「食事をとれる場所を作ったんだ」

俺が子どもたちにそう応えると、みんながお礼を言ってくれた。

「じゃあみんな、好きなところに座って！　今からパンと葡萄水を配るからねー」

「はーい！」

子供たちがわらわらと、木製長ベンチの上に座った。

余裕を持って作ったつもりなのに、全員が座るとぎっしりだ。

今後のことを考えると、もう何台か作った方がいいかもしれない……

「じゃあ、パン配りまーす」

「はーい！」

『パンを受け取る』

光の中からパンが現れると、昨日来てなかった子供たち、それから大人たちからどよめきがあがった。

食卓の隅に座るロゲルおばあさんは手をこすりあわせて拝み、その隣にくっついているミケイオとマリニアは自分のことのように誇らしげな顔をしている。

なんとも可愛らしい。

俺はテーブルの上に置かれた銀の皿の上に、パンを並べていき、同時に葡萄水を銀のコップの中に注いでいった。

皿もコップも、それなりの数作ったが、一人一つ使うには足りなそうだった。

一つの皿にいくつかパンを盛ったり、コップも幾つかは共有してもらったりすることにして、みんなに声をかけた。

「このご馳走は、ここにいらっしゃるリアヌという……」

俺がみんなに向けて軽く説明を始めると、リアヌンが口を挟む。

――リアヌンね。

「リアヌンという神様からの贈り物です。お金や物でのお返しは一切いりませんので、どうぞ遠慮なく召し上がってください」

「あの！　本当にこんな贅沢なものをいただいて、よろしいんですか？」

「お金なら少しですが……」

俺の言葉を聞いてもなお、困惑して声を上げる大人たち。

子供たちはパンをじっと見つつ、まだ食べるのを我慢している。

俺がどう言うか迷っていると、食卓の隅から声が飛んできた。

「この教会をお守りされているリアヌン様は、私たちから決してお金を受け取りません！　無理にお渡ししようとするとお怒りになられて、二度とお恵みをお与えにならないそうです」

俺に代わって、ロゲルおばあさんが少し強めの口調でそう言った。

――えっ、そうなの？

話を聞いていたリアヌンが驚いた声を上げた。

俺は女神像を振り返って小声で謝った。

――まぁ私はお金なんてもらっても使えないから別にいいんだけど。アルフがもらっとけばいいのに。

やっぱりそう言うと思った。

でもお金が絡むと、ろくなことがなさそうだし。

やれるところまでは無償《むしょう》でやりたいんだよ。

ロゲルおばあさんの演説は続く。

「その代わり、私たちにできることはお祈りです。感謝の祈りを捧げましょう。ここにおられる神様は、それを一番お喜びになるそうですよ！」

――うん、それは確かにそう！　仕事してないって上からつつかれるから、お祈り、よろしく‼

おいおい、私情がだだもれですよ、女神様。

俺がリアヌンの言葉に呆れていると、ロゲルおばあさんがこちらを見た。

「アルフ様。食事の前に祈らせていただこうと思うのですが、よろしいですか？」

「あ、はい。リアヌンも喜ばれると思うので、お願いします」

――ぜひぜひ！

「では皆さん、この恵みをお与えになったリアヌン様に感謝を捧げましょう」

ロゲルおばあさんは胸に手を当て、目をつぶる。

大人たちも子供たちも、みんな真似をしてそれに従った。

――くぅー！　大勢からのお祈り、気持ちいいぃぃぃぃ‼

お祈りされるってそんな感じなの？

しばらくして、食卓の人々は同じくらいのタイミングで目を開け俺の方を見た。

「ありがとうございます。神も大変喜ばれています。では、遠慮なく召し上がってください」

俺はみんなに向かってそう言った。

「やったー！」

「いただきます!!」

「ありがとうございます！」

静かだった教会に歓声が上がり、賑やかな食事が始まった。

「申し訳ありません、アルフ神官に給仕をさせてしまって！」

「いいんです、いいんです。さ、どんどん食べてください」

俺はテーブルを目まぐるしく回り、空いているコップや皿にどんどん葡萄水とパンを足していった。

そうして出された食事を、あらゆるところからみんなが手が伸ばして取っていく。

葡萄水もパンも次から次へと消えていった。

最初は遠慮していた大人たちも、途中からは子供たちと同じくらいにもりもり食べていた。

よほどお腹が空いていたのだろう。

パンだけでなく、もっと色んなものを用意したいなと思った。

ようやくみんなの手が止まって朝餐会《ちょうさんかい》はお開きになった。

子供たちは教会を出て、周りで自由に遊び始める。

教会に残った大人たちは、俺に教会のことについて聞きたがった。

俺はスキルについて、かみ砕いて説明した。

そして最後に、いつものようにこう締めた。

「神様から、より多くの力を授けてもらえるようになるので、この教会で祈ってくれる人や救いを求めている人が周りにいたらぜひ誘ってみてください」

大人たちは、その言葉に頷く。

「明日も来させてほしい」

「知り合いがいるから誘ってみる」

素直にそう返してくれるみんなを見て、俺は嬉しくなった。

最初に出会ったミケイオとマリニア、それにロゲルおばあさんと話したときも感じたことだが、このスラムに住む人たちはとても素直な気性の持ち主な気がする。

都市パルムで暮らしていたときは、こんなにも素直な受け答えをしてくれる人など、周りにほとんどいなかった。

あるいは都市での生活を経て、いつの間にか俺の心が荒んでしまったのだろうか。

スラムの人たちは真っ直ぐな瞳で「他に自分たちにもっとできることはないか?」と、口を揃えて聞いてくれた。

そこで、俺は「このスラムのことや、住んでいる人たちのこと」と「もし神様が力を貸してくださるなら、どんなことをしてほしいと思うか」の二つについて教えてもらうことにした。

最初は遠慮がちだった大人たちだったが、次第に少しずつ思ったことを言ってくれるようになった。

おかげで、長テーブルで行われたこのやりとりは、かなり実りのあるものになった。

話を聞いているうちに、俺の頭の中には、今後どんなスキルが役に立ちそうか、教会には何を設置していけばいいかなどの案がいくつも浮かんだ。

子供たちが来てくれると、癒されるし、嬉しいし、とても励みになる。

一方、こうして大人たちが来てくれると、知恵や力を貸してもらえる。

どちらも、俺やこの教会、それにリアヌンにとっては、非常にありがたい存在だと感じた。

「できれば実際にみんなが住んでいるところを見てみたいけれど……」

俺がぼそりと言ったのが聞こえていたのか、大人たちに混ざって真剣に話を聞いていたミケイオとマリニアの二人が元気よく言った。

「「アルフ兄ちゃんを案内してあげる！」」

「本当に⁉　ありがとう」

これは渡りに船だと思った俺は、二人とロゲルおばあさんとともに、昼から彼らの住む場所へ連れていってもらうことになった。

イスム地区がどうなっているか、まだ俺は実際にこの目で見たことがない。

都市パルムからこの教会に来るときは、道が全く分からず馬車を使って送ってもらったし、ここへ来てからも掃除やら何やらでずっと教会にいた。

一度は自分でも住んでいる地域を見てみないとな。

彼らが住んでいる場所は、いったいどんな感じなんだろう。

俺は興味と不安が入り混じった気持ちを胸に抱きつつ、ミケイオとマリニアの二人に手を引かれ、彼らの住んでいる家へと向かった。

第四話　イスム地区の闇

都市パルムへとつながる街道。

その道を、パルムに向かう道とは逆に歩いていくことしばらく。

さらに道を外れて、その先へ向かう。

俺はミケイオたちに案内されるまま、スラム街までやってきていた。

近づけば近づくほど、強まっていく異臭。

「ここが僕たちの住んでいる場所だよ」

ミケイオが、大きなゴミ山を囲むように立ち並んだ粗末な掘っ立て小屋の一つを指さした。

「そう、なんだね」

俺は相槌を打つことで精一杯だった。

二人とロゲルおばあさんが、自分たちの住んでいる場所についてあれやこれや教えてくれた。

でも俺は、あまり集中して彼らの話を聞くことができなかった。

道中、四人で楽しく話していた気分も全て吹き飛んだ。

まともに息を吸うことなどできない異臭。そこら中を飛び回っている虫。小屋の中で何をするでもなく寝転がっている人々。

そして都市パルムから運び出されたゴミによってできた、高い山。

俺が生まれ育った辺境の村や、神学校に通うため越してきて都市パルム、それにもちろん前世ニホンでも体験したことのない悪辣《あくらつ》な生活環境。

俺は今までに感じたことのないショックを受けた。

どう考えて、何を言えばいいのか、俺には全く分からなかった。

ひと通り街を見た後、俺は礼を言ってから三人と別れて、来た道を戻る。

最後まで手を振ってくれた三人が見えなくなってから俺が最初にしたことは、胃の中の物を全て吐き出すことだった。

胃液しかでなくなっても胸からは消えてくれない気持ち悪さ。

ぐわんぐわんと、視界全体が大きく揺れている。

そこから帰り道の記憶はほとんどなかった。

——ちょっ、ちょっと！　アルフ、どうしたの⁉

気が付くと、俺は女神像の前にいた。

「絶対に、あの子たちを救わないと……」

——……

リアヌンは何も言わない。

俺はそのまま女神像の前ですすり泣いた。

しばらくしてから、リアヌンが遠慮がちに声をかける。

——もう大丈夫？

「ああ、うん。ごめん、心配をかけて」

——いや、アルフが大丈夫ならいいんだけど。

着ていた服は吐いたもので汚れていたから、外の水浴び場でためた聖水で洗いながし、魔法で乾かした。

——……何かあった？

リアヌンの声は、優しかった。

俺は彼女に、スラムで見たものと自分が感じたことを話した。

出会ったときからのはしゃいだ雰囲気は一切なく、リアヌンは真剣に話を聞いてくれた。

――思った以上に深刻だったのね。

「ああ」

俺は返事をして、女神像に触れる。

５９２４。

最初は５０とか１００とかだったのに、いつの間にかものすごい量の神力が貯まっている。

これなら……

スキルをどんどん授かって、あの子たちの生活を……いや、このイスム地区の人々全体の生活を、なんとしてでも変えてやる！

俺は強い気持ちで、そう誓った。

腹の底から、ふつふつとやる気がわいてくる。

スラムでの生活を垣間見たときに生まれた黒く重たい感情は、もう一滴も残っていない。

ただ前向きな気持ちで俺の心は満ち溢れていた。

女神像の周りを浮かぶ光の玉に視線を移す。

ほとんどはまだ赤いままだが、青く光る玉もぐっと増えている。

十分な神力に達したため、入手可能になったスキルがあるということだ。

その青い玉に一つ一つ触れて、入手可能になったスキルのイメージをたしかめる。

大人たちから聞いた話、そして胸が張り裂けるようなあのゴミ山の光景を思い出しながら、どのスキルを優先して開放すべきか、慎重に吟味《ぎんみ》した。

……よし、これにしよう。

神力と引き換えに、俺は必要だと思うスキルを選んで合言葉を唱えた。

――ねえ、今日はもう休みなよ。

自分のかばんを持ち、支度を整える俺に、リアヌンは言った。

多分彼女は俺の身体を心配してくれているのだろう。

もう既に、窓から見える景色は暗くなっている。

でも俺は首を振った。

「明日もたぶん、たくさんの人が来てくれる。できることをやっておきたいんだ」

――アルフ。

俺は女神像に向かって、笑顔を見せた。

「心配かけてごめん。でも、そんなに無茶なことはしないから」

――……分かった。あんまり遅くまで頑張らないでね？

「もちろん。行ってきます」

――行ってらっしゃい！

女神に見送られて、俺は教会を出る。

リアヌンにこれ以上の心配をかけないよう、ちゃちゃっと終わらせないとな。
暗くなった空のもと、俺は教会の裏手へと向かった。

翌日、昨日よりさらに一段と多くの人がやってきてくれた。
五、六十人くらいはいるだろうか。
そのうちの誰ともなくそんな呟きが起こった。
「こ、これは一体……」
他の人たちもみんな、教会の前で言葉を失っていた。
特に昨日来てくれた人は、目の前の光景の変化についてこれていないようだった。
それもそのはずだ。
教会の両脇には、昨日までなかったはずの建物が建っているのだから。
「詳しいことは後でお話します。まずは皆さん、朝食にしましょう！」
聖なる泉の水で手を洗ってもらい、教会の中に案内する。
今日の朝食のメニューは、パン、葡萄水、そして白い芋のスープだ。
白い芋のスープは、新たに得たスキルで出せるようになったもの。
合言葉は、『白いスープを』にした。
昨日の晩得たスキルの一つだ。

リアヌンに今朝「飲んでみなよ」と勧められて、既に俺は試している。

これがまた、とろとろとした濃厚でほのかに甘いスープで美味しかった。

彼女が勧めてくれた意味もよく分かった。

じんと温まってほっとするこの感じは、寝起きの体にもぴったりだ。

──へへっ。良かった。私も好きなんだ、そのスープ。

俺はスープが入ったボウルで両手を温めながら、疑問に思ったことを口にした。

「あのさ、以前、そっちの世界でも、こっちとあまり変わらない生活をしてるって言ってたよね？　食べたりとか、寝たりとか」

──うんうん。そういう話したね。

「じゃあこういうスープとかも、自分で作ったりするの？　それとも全部スキルでできるって感じ？」

──あー、どっちかというと後者だね。スキルとは言わないけど。

「あっ、そうなんだ」

──そうそう。うーん、何て説明したらいいのかな。えっとね、私のいる天界は神力で満ち溢れてるの。アルフのいるそっちの世界がさ、魔力に溢れているのと同じ感じかな。

「ほうほう」

──そう。だからスキルというか、もう本当にあらゆるものができちゃうわけ。こういうスープとかも、「食べたいなぁ」って思ったら、「えいっ」て念じるだけで出せるの。アルフが魔力を使って、火を出したり、水を出したりするみたいにさ。でも魔力だと、火とか水とか根源的な物質を出すことはできるけど、いきなり食べ物とか、完成品の料理、なんてものは出すことができないでしょ？　天界だと、そういうのがいくらでも可能なの。本当に、思ったものだったら出せないものはないってくらい、何でも出せるの。

なんと、とんでもない世界だ。

前世の記憶がある俺にとっては、魔法が存在するこの世界でさえ、すごいなぁ……と思うことばかりだったのに。

天界はさらにその上を行くわけか……まさに神の住む世界という感じだ。

――だから私は、何としてでも天界を追い出されるわけにはいかない。好きなものを好きなときに食べる。これが私の鉄則だからよ！

食いしん坊め……

――ん？　何か今、思った？

俺はそっと目を逸《そ》らす。

――まぁいいや。それでね、そっちの世界で神から授かるスキルっていうのは、天界の『何でもあり』みたいな力をちょっとだけ分けてあげますよ、っていう力なわけ。でも本当に何でもありにするとそっちの世界の秩序《ちつじょ》が滅茶苦茶になっちゃう。だから「パンを出す」とか「聖水を出す」とか、とにかく目的を限定して、神力を使わせてあげますね、っていう理《ことわり》なの。

へぇー、そんな感じなのか。

——どうかな。聞きたかったこと、これであってる？

「ああ、うん。ありがとう。何かすごく腑に落ちたよ。やっぱ魔法にしか慣れていないとさ、パンとかスープとかが急に空中から出てくるのって、ちょっとびっくりなんだよね」

俺は頬をかいた。

——あー、確かに。物理的な制約が多い世界の人ほど、神力を見せると驚くって聞くね。『神の奇跡じゃあ‼』みたいな感じでさ。まぁ、でもアルフのいる世界には魔法があるから、まだ驚きは少ない方だと思うな。

「そうだね。でも前世は魔法もない世界だったからさ」

——あ、そっかそっか。そうだったね。

「うん」

そして今、リアヌンが今朝言ったとおり、神力でスープを出した俺を見て、みんなが感嘆《かんたん》している。

「神の力だ……」

「おお、なんと……」

やっぱり魔法の存在に慣れ親しんでいた人だとしても、完成品の料理が出てきてびっくりするのは俺と同じみたいだ。

いや、この人たちはそもそも、魔法もあまり目にしないのかな。

そんなことを思いながら、全ての人の器にパン、スープ、葡萄水を配り終わった。

昨日は一つだった長テーブルを三つにしたし、食器類も大量生産したから、今度こそ足りないということはなかった。

だがこの様子では、まだまだ新しく作った方が良さそうだ。

困ったことに教会裏に鬱蒼と生えていた木は、もうほとんど残っていない。

昨日の夜、俺がほぼ全て使い果たしてしまったのだ。

これらの食器を作ったことや、教会両脇に二つの建物を建てたことによって……

この木材不足をどうするかいずれは考えないとな。

でもまずはみんなで朝食だ！

昨日と同じように感謝の祈りを捧げてもらった後、俺はみんなに向かって言った。

「では、御自由に召し上がってください」

その瞬間、この教会にいらっしゃる女神様に負けないくらい、明るく、賑やかな声が教会中に響いた。

和気あいあいとした朝食を終えると、俺はみんなに教会の外へ出るようお願いする。

そして、新しく建てた二つの建築物について説明した。

先ほど教会を訪れたみんなを驚かせた教会両脇の建物。

それは、言うなれば「家」だった。

といっても、見た目も中身もちょっと大きな山小屋みたいな感じに過ぎない。

魔法を駆使して急ピッチで建てたものだから、とてもシンプルな造りになっているが、もちろん安全面を考慮して頑丈な造りにしている。

住むには何の問題もないはず。

一晩で建てたにしてはそこそこ納得のいくものができたんじゃないかと、心の中でちょっぴり自《じ》画《が》自《じ》賛《さん》した。

俺は建物の扉を開け、みんなと内部の見学を始める。

教会の左右どちらに建っているものも、造りは全く同じだ。

というわけで、とりあえず左にある建物で中の様子を見てもらうことにした。

広々とした室内に並べてあるのは、木製ベッド。

建物を建てることに比べれば、ベッドを作るのは簡単だったが、なにせ量が多いのでそれなりの手間がかかった。

教会裏に密集していた雑木たちをありったけ使い、できたベッドは三十二台。

左右の家に十六台ずつ配置している。だがもちろん、この量では明らかに足りない。

なぜならば今日集まってきた人々は、五、六十人。

「希望される方は、ぜひこの家に住んでもらいたいと思っています。そしてこの教会で私とともに、リアヌ神のもとで働いてみませんか？」

俺がそう言うと、スラムの人たちはお互いに顔を見合わせた。

本当は希望する全ての人に安心して眠ることのできる場所を提供したいが、全員を住まわせることは現時点では難しい。

とりあえず俺は希望者を募《つの》ることにした。

話し合いの結果、子供とお年寄りと女性が、優先的に家を使うことになった。

スラムの男たちは、口を揃えてこう言った。

「私たちは自分の家から通うので結構ですよ。それに、既にこんなに良くしていただいているのです。むしろできることがあるならなんでもおっしゃってください。仕事を与えていただけるのであれば、こんなにも嬉しいことはありません」

俺は、彼らを見て本当に誠実な人たちだと改めて思う。

最初はこの誠実さや素直さに対して「なんでこんなにもいい人たちなんだ？」と疑問に思っていたのだが、彼らの話を昨日聞いて、その理由がちょっと分かった気がした。

ここイスム地区に住む彼らは、都市パルムから完全に締め出されているのだという。

彼らは仕事を求めても、そもそも街に入れてすらもらえない。

「お前らのような卑《いや》しい身分の者たちは、我々パルム市民とは何の関係もない」と、門前払いを受けているらしい。

彼らが生きていくための選択肢は数少ない。

都市パルムから運び込まれてくるゴミ山を漁《あさ》るか、街から出てきた人を襲う盗賊《とうぞく》になるか、生きていける場所を他に求め、当てのない旅に出るか。

ここに残っているのはみんな、今日明日の食事にも困る切羽詰《せっぱつ》まった状況に置かれながら、それでも悪に手を染めることができなかった人々だったのだ。

「恥ずかしいこと、醜いことだとは分かっていながらも、自分たちはゴミ山を漁ること以外、生きていく方法が見つけられなかったのです」と、彼らは後ろめたそうに言った。

その言葉を聞いて、彼らが求めていることが、物質的な豊さだけでないことに思い至った。

もちろん、食べ物や安全で清潔に暮らすことのできる場所を欲しているのは間違いないだろう。

だがそれと同じくらい、彼らは一人の人間として真っ当に清く生きていくことを望んでいるのだ。

自分たちの糧のために働き、神に感謝を捧げることのできる生活を送ることに、彼らは心から飢えていたのだった。

であるならば、俺は彼らの手助けがしたい。

そういうわけで、俺は教会の両脇に住居を建て、それから彼らに、仕事を手伝ってもらうことにしたのだ。

「働かせてほしい」と言ってくれたスラムの人たちを連れて、俺は教会の裏手へと回った。

あれだけ大木が生えていた雑木林には、いまや木が一本も残っていない。

食器とベッドと建物と惜しみなく使ったら、あっという間になくなってしまった。

だが、木を切り倒したことでできた空き地に、別の使い道があることに俺は気付いた。

雑木林の下の土は、明らかに周囲の土地とは質の違う、黒っぽくて柔らかいものだった。

ここなら作物を育てられるかも……

俺はすぐに土魔法を操って、木の根やら邪魔な石やらを取り除き、地面を綺麗に均《なら》した。

これで下準備は整っている。

彼らに手伝ってほしい仕事というのは、畑の世話だった。

俺は、みんなの前で新しいスキルを発動する。

『ここに、気まぐれな種を』

合言葉を念じると、俺の両手は黒い種で一杯になった。

「「!?」」

周りで見ていた人たちが、声にならない驚きをみせる。

「これは食べられる実が生《な》る植物の種で、リアヌ神から皆さまへの贈り物です。皆さんにやっていただきたいのは、この種から育つ植物のお世話をすることです。やっていただけますか？」

「もちろんです！」

スラムの人たちの顔がぱっと明るくなった。

「分かりました」

「やらせてください」

「どうすればいいですか？」

みんなのやる気に満ちた声を聞いて、俺は手のひら一杯になった種を、順番に分けていく。

「では皆さん手を出してください」

それから足りなくなったら、スキルで手の上に再度補充する。

「ありがとうございます」

「ありがとうございます、神官様」

大人たちは、神妙な顔つきで首を垂れる。

何かの儀式っぽくなってしまった。

そんなに畏まらなくても大丈夫なんだけど……

本人たちが真面目にやってくれているわけだから、なかなか言い出せない。

一方、子供たちの反応は明るかった。

「うわぁ～」

「ありがとう！」

大人たちの真似をして作った両手の小さなうつわ。そこに黒い種をのせてあげると、においを嗅いでみたり、隣の子たちと比べあったりしている。

とにかく無邪気さが眩しい。

みんなを前にして、俺は指示を出す。

「では皆さん、種をまいてください」

しかし子供だけでなく大人たちも、どうしたらいいのか分からないようで戸惑っている。

初の農作業だということを失念していた。

「見ててくださいね」

俺は実演してみんなに見せることにした。

左手いっぱいに種を持って、黒い土の前にしゃがみこむ。

右手の人差し指で黒い土に穴を開け、そこに種を一粒落とした後、穴に土を被せる。

「こんな感じです。一つの穴に、一つの種を入れてください。種は近くなりすぎないように、これくらいは距離を空けることにしましょうか」

俺は右手を広げて、親指と小指の距離を示す。

「じゃあみんなで手分けして、種をまいていきましょう！」

「はい！」

「分かりました！」

スラムの人たちが意気揚々と畑に広がっていく。

木が生えていたときもそれなりに大きな雑木林だなとは感じていたが、いざ全ての木を取り除いてみると、その土地は思っていた以上に広かった。

これは種をまくだけでも一仕事だぞ……

土地全体を眺めて、俺は胸の中で呟いた。

種まきが終わった頃には、日が傾き始めていた。

だが体感時間は、その十分の一ほど。

子供たちと一緒に笑い合ったり、生き生きと取り組む大人たちの横顔を見たりしているうちに、あっという間に時間は過ぎていた。

畑での作業が終わり、俺は一生懸命働いてくれた人たちにお礼を言った。

「ありがとうございました。皆さんのおかげで、無事終わりました」

子供も大人も、みんな全身泥だらけだった。

汗もかいて疲れているだろうに、嫌な顔をしている人は誰一人いなかった。

心地よい体の疲れと、一仕事終えた達成感。

スラムの人たちとともに種をまいた時間は、俺にとってかけがえのないものになった。

できあがった畑の周りで立ち話をする人たちの間には、一仕事終えたあとのホカホカした空気が流れていた。

俺もみんなと同じで幸せな気分に浸っていたけれど、彼らの姿を見ているうちに「しまった」と思った。

気になったのは、スラムの人たちが汚れてしまったこと。

彼らが熱心に働いてくれるだろうことは、分かっていたつもりだった。

しかし、思っていた以上に彼らの全身は汗と土でどろどろになっていた。

このままお土産のパンを渡してお開きにするのは、俺としても気持ちが落ち着かない。

そこで俺は一つ閃《ひらめ》く。

「このあたりでいいかな？」

俺は歓談している人たちの輪から外れて、畑の右横、かたく痩せたぽろぽろの土の前に立った。

畑に背を向けて、目の前の痩せた土に魔法を展開する。

種をまくことのような細かくて丁寧な作業には全く向いていない土魔法だが、力仕事や一気に大がかりなことをやるときに関しては、これほど頼りになるものはない。

ドドドドドドドドド……

俺がやっていることに子供たちがいち早く気がつく。

すぐに俺のもとに駆け寄ってきた。

「なにやってるの？」

「すごい！　魔法だ‼」

あまり近付かれると……と思った矢先――

「危ないよ、ここから見よう」

「これ以上、前に出ちゃだめだよ」

ミケイオとマリニアが他の子供たちに注意を促してくれていた。

その注意通りにみんなは足を止めて、遠くから俺を見るようになった。

おかげで、俺は安心して土魔法を使い続けられるようになる。

ミケイオとマリニアに心の中で感謝を伝えつつ、俺は感慨にふける。

二人と最初に出会ったときも、教会の外で俺が聖火を灯しているときだった。

「魔法を使ったの？」と、興味津々の顔で近づいてきた二人。

そのあと火を出したり、水を出したりと簡単な魔法を使って見せたら、二人とも声を上げて喜んでくれた。

それこそ今、土魔法を見てはしゃいでいるこの子たちのように。

でもすぐに小さい子たちも一緒に教会へ来るようになって、二人はお兄ちゃん役、お姉ちゃん役をやってくれるようになった。

こういう経験が二人を成長させていくのかな、なんて思うけれど、無理してないかなとちょっと心配にもなる。

今度、二人にだけ何かしてあげよう。

いつも頑張ってくれているんだから、ちょっとくらい良い思いをしたって神様は怒らないはずだ。

というかリアヌンなら、「もっと甘やかしてあげなきゃだめ!!」ってくらい二人を甘やかしたがる気がするな。

あの女神様、本当子供が好きだからなぁ……

そんなことを考えながら、俺はあっという間に仕事を終えた。

「よし」

地面にあけた円形の穴。

深さはそれほどではないが、大きさはかなりのものだ。

ここにいる人たちがみんな入ってもぎゅうぎゅうにならないほどスペースの余裕はある。

『ここに、聖なる泉を』

魔法に続いて、俺はスキルを使った。

大量に出した聖水で一気に穴を満たした後、水を止める。

そしてもう一つのスキルを発動する。

『聖火を灯す』

念じると、問題なく聖火は灯った。

どこに聖火を使ったかといえば、聖水の中。

神力を燃料にしている聖火は、泉の中で消えずに燃え続けている。

水の中に浮かぶ火が、覗き込む子たちの顔をほのかに照らした。

からくりを理解している俺でも、思わず「神の御業」と表現したくなる幻想的な光景だった。

「すごーい！」

「何してるのー!?」

作業を終えたことを察した、子どもたちが遠くからやってくる。

その子供たちの明るい声に混じって、大人の面々の感嘆の声が漏れ聞こえてきた。

「あぁ……」

「何と……」

振り返ると、いつの間にか全員が揃っていた。

ロゲルおばあさんを筆頭に祈り始めている人もいる。

幻想的とはいえ、祈る場所じゃないんだけどな……

まぁそれはそれとして、みんなが集まってきてくれたのは丁度いい。

聖水の泉からは、すぐに湯気が立ち上り始めた。

もういいかなと思ったところで、俺は泉の中の聖火を消し、代わりに明かりとするための聖火を周りにいくつか灯した。

「みなさん、今日はお疲れ様でした。作業で全身汚れてしまった人もほとんどですし、今からこの湯に浸かって体の疲れを癒しませんか？」

俺の提案を、誰もが心から喜んでくれた。

裸が見られたくないという人もいたので、俺はそういった人たちを連れて、教会の中に戻った。

——あっ、アルフ帰ってきたー！　おかえりー！

『おっ、リアヌンいたのか』

俺は後ろについてきていた人たちに、入口で待ってもらうように言ってから、女神像に近づいて声をかけた。

「ただいま、リアヌン」

――お疲れさまー。どう？　畑、いい感じ？

「ああ、うん。みんな一生懸命働いてくれたから、何とか種まきを終えられたよ」

――そっかー。じゃあ明日が楽しみだな～。

リアヌンの声は、本当に嬉しそうだった。

「あ、そうだ。リアヌン。ちょっと許可してもらいたいことがあるんだけど」

――ん？　何？

俺は右手にある部屋を指差して、考えたことを話す。

――あー、全然いいよ！「みんなのためなら何だってあり！」が、この教会のモットーだからね。

「はいはい。じゃあちょっと使わせてもらうね」

――どうぞ、どうぞー。ん？　いま私、適当にあしらわれた……？

女神像にそっと背をむけて、俺は入り口で待っていた人たちに「お待たせしました。どうぞこちらへ」と声をかけた。

大変懐の深い女神様に使用許可を頂いたので、その部屋の扉を開ける。

この部屋に入るのは、たぶんここに来た初日に掃除をしたとき以来……かな。

中央に、深さ四十センチくらいの長方形の窪みがあるだけの部屋――清めの間だ。

本来は儀式用の部屋だけど……お優しいリアヌン様もああおっしゃってくださったことですし。

俺が考えたのは、外に作ったお風呂と同じものを室内用にここに作るという話だった。

外に作った露天風呂と同じ要領で、部屋のくぼみに聖水と聖火を使用すれば、あっという間に、室内風呂の完成だ。

「ではこのお風呂を順番に使われてください。脱いだ服は……そうですね、次に入る人に渡していただけますか？　服を受け取った人は、教会の外にいる俺まで渡しに来てもらえると助かります」

「分かりました」

よし。室内風呂組はこれで問題なし。

教会の外へ再び出ると、露天風呂組が大いに盛り上がっているのが見えた。

子供も大人も、泳いだり、湯をかけあったりとにかく楽しそうだ。

風呂の周りに脱ぎ捨てられた衣服を、俺は拾って歩く。

そして教会の外に以前作った、食事をする前なんかに手を洗うために使っている聖水を溜めた窪みに、汚れた衣服をさらした。

洗剤を使うわけでも、ごしごし擦るわけでもないのに、服の汚れはみるみる落ちて、信じられないくらい真っ白になった服が姿を現した。

『聖水の浄化作用、恐るべし……』

綺麗になった服は、火と風魔法を使って乾かす。

教会の中にいた人が持って来た服も、全て同じ要領で綺麗にした。

その後、露天風呂の前に行って、風呂からあがってきた人を衣服と同じ要領で乾かす。

火魔法で温められた温風を全身に浴びると、子供たちは「くすぐったい」とけたけた笑った。

綺麗になった衣服を渡すと、大人たちは涙を流して喜んでくれた。

室内組には、俺が教会に来るときに持参したタオルを綺麗にして、それで体を拭いてもらった。

今日は突発的な思いつきだったから、道具の準備が整わなかったが、今日から教会の両脇の家に住んでもらう人もいるわけだから……そうするとタオルとか服とか、そういった細々したものはもっと欲しいよな。

今のところ手に入るスキルの中には、服とかタオルとかが得られるものはなかったし……となると、やっぱり……街に買い出しに行かないと、だな。


お風呂でのリフレッシュを終えた後は、食事の時間だ。

パンとスープをみんなに配り、思い思いに食事を楽しむ。

イスム地区の人たちは、誰もが見違えるほど綺麗な姿になった。

もう誰一人として、スラム街の住人には見えない。

汚れが取り除かれたため、衣服の破れているところやくたくたになっている部分が目立つ人も増えたが、それさえなければ、街に住む市民たちと何も変わらなかった。

都市パルムに入ろうとして門前払いされることも、これで減ると思う。

食事を終えたあと、教会に残るみんなと一緒に帰る人たちを見送った。

教会に残るのは、お年寄りと女性、それから子供たちだ。

男性陣は帰り際、「今日は本当にありがとうございました」「これからもよろしくお願いします」と、一人一人が目を見て言ってくれた。

「こちらこそ、ありがとうございます」

俺は笑顔で彼らと握手を交わした。

満ち足りた表情を浮かべ、楽しげに会話しながら帰っていく彼らを見て、俺は決意する。

「これからもみんなに気持ち良く働いてもらえるよう、いろいろ考えてみよう」

教会に残る組になった人たちの中には、まだ使ったことがないという人もいたので、改めてトイレの使い方を説明した。

それを終えると、みんなは新しい二つの「家」に帰っていく。

トイレの説明をした時に思い出したので、俺はみんなに家へと帰ってもらった後、一人で煙突トイレの外に溜めた聖灰を回収した。

排泄物を聖火で燃やしたことによってできた聖灰は、それなりの量になっていた。

俺は教会裏にそれを運んでいき、風魔法を使って畑にさっとまいた。

ついでに露天風呂の中に残った聖水も、畑にすべてまく。

夜空にはたくさんの星が浮かんでいた。

星明りに照らされた畑を見ていると、今日一日、ここでみんなと働いたこと、笑い合ったことが改めて思い起こされて、胸が一杯になった。

「これから、いろんなことがあるんだろうなぁ」

これ以上感慨にふけっていると涙がこぼれそうだったので、俺は大人しく教会に戻る。

教会の中はしんとしていた。

リアヌン、いないな。もう眠ったのかな。

最近は教会の中に漂う雰囲気だけで、リアヌンがこの場にいるのかいないのかが分かるようになっていた。

まぁ、あれだけ存在感のある女神様だから、いなくなったらすぐ分かるよね。

俺は女神像に触れて、神力を確かめた。

「……！」

６０４３６。

初めて女神像で神力の数字を見せてもらったときは、たしか４０とかその程度だったはずだ。

それがいまや、約６００００。単純計算で、千五百倍。とんでもない増え方をしている。

神力は、祈りを捧げてもらうことに加えて、教会を訪れた人を助けたり願いを叶えてあげたりすることでも貯まるって、リアヌンが言っていた。その分なのだろうが、ここまで一気に増えるとは……。

今日来てくれた人たちの役に、少しは立てたと思っていいのかな。

そんなことを考えながら、俺は女神像の周りに浮かぶ、赤や青に光る玉を見た。

赤がまだ授かることのできないスキルで、青が現段階の神力で交換できるスキル。

新たに青くなったスキルの玉に触れて、そのイメージを確認する。

６０００まで貯まった神力によって交換可能となったスキルは、今まで授かったスキルにも増して魅力的なものが多かった。

『明日のことを考えると、このスキルはすぐに役立ちそうだな』

俺は一つのスキルに目をとめて、それを迷わず授かった。

神力の数字が一気に４００００代まで下がるが、これからも貯まるだろうと考えると、気にならない。

さらに追加で幾つかのスキルを授かると、神力の数字は最終的に７８００付近に落ち着いた。

聖火とか聖水とか、それにみんなの食事に使う神力分は取っておかないとね。またすぐに貯まるとは思うけど。

俺は満足して、眠ることにした。

第五話　ますます便利な教会

次の朝。

「起きて！　アルフ、起きて!!」

「……ん？」

教会の中で毛布にくるまっていた俺を、誰かが揺さぶった。

目を開けると、そこには——

「ああ……おはよう。ミケイオ、マリニア」

「おはよう、アルフ！」

「大変だよ、早く来て!!」

俺は朝から元気な二人に引っ張られて、教会の外へと出た。

二人に連れてこられたのは、教会の裏。

そしてそこには、もう既に子供たちも大人たちも集まっていた。

どうやら今の今まで寝ていたのは、俺だけだったらしい。

俺が出てきたことに気が付くと、みんな挨拶してくれたが、寝坊した感じがしてちょっと恥ずかしかった。

「ね、これすごい‼」

「どういうこと‼」

ミケイオとマリニアが目の前を指さして驚く。

「あぁ、これは……びっくりだね」

俺は事前にリアヌンから聞いていたから、一応、知ってはいたのだけど。

しかし実際に目の当たりにすると、やはり驚かないわけにはいかなかった。

『さすがは神から授かった種……』

昨日、種をまいたばかりの畑には視界一杯に、瑞々《みずみず》しい緑が生い茂っている。

しかも目に入る色は、緑一色だけではない。

俺はわさわさと広がっている蔦《つた》の間に手を入れて、赤く熟《う》れた果実をもぎ取った。

普通に収穫しただけなのだが「おぉ……」と後ろから、ため息にも似た声が聞こえる。

子供たちも、なぜか静まり返っているようだ。

昨日の夜に授かったスキルを、さっそく使うことにした。

『鑑定する』

手に持った赤い果実の情報が、頭に浮かんできた。

「トマトマ、か。いや、どう見ても前世で見たトマトそっくりなんだけど……まぁ名前の違いなんて些細なことだよね。生でも食べられるのはありがたいな」

一人鑑定結果を呟いた後、俺は試しに齧《かじ》ってみる。

しゃきり。

瑞々しくて、酸味もすっきりしている。

お、美味しい……うん。でもトマトだな、これは。

「あ、あの、神官様、これは……」

一人の女性に呼びかけられ、我に返る。

いけない、いけない。

試しに齧ったつもりが、その美味しさにすっかり浸ってしまっていた。

「リアヌ神の御力で、すでに食べられる状態に実っています。早速手分けして、収穫しちゃいましょう！」

ぱぁっとみんなの顔に、明るい表情が広がった。

静かにしていた子供たちも喜びの声を上げる。

我先にと、生い茂った緑をかき分けていった。

気まぐれな種、という名前だけあって、出来上がった野菜は様々だ。

本当に、気まぐれだな……

俺は収穫された作物たちを見ながら、呟く。

きゅうり、緑の豆、握りこぶしほどの小かぼちゃ、野イチゴ。

同じ黒い種をまいたはずなのに、生った実はいろんな姿をしている。

俺が鑑定しながら畑を歩くと、地面の中に根菜類が埋まっていることも発見できた。

これは食卓が賑やかになりそうだな！

イスムの人たちは、食べられるだけでもありがたいと言ってくれていたが、いつまでもパン、スープ、水、葡萄水だけは可哀想だ。

そう思ったが、これだけ種類があって、しかも一晩で実をつけるとなれば、食料問題は一気に解決だ。

うーん、でもこれだけ食材が豊かだと、料理も凝《こ》りたくなるなぁ……

魔法を使えば、切ったり、炒めたりは簡単にできる。

だが問題は……俺に料理の腕がないことである。

故郷の辺境村にいたときは、貧乏貴族ながら雇っていた屋敷の料理人に作ってもらったものを食べていただけだし、パルムに出て神学校に通い始めてからは、すべて学校の食堂で済ませていた。

成績上位者だったから、食費含む寮費が全て免除されていたのだ。

おかげでろくに料理をする機会はなく、調理で思いつくのは、切ったり炒めたりといった基本的なものだけ。

生でも美味しそうな食材ばかりだけど、せっかくなら素材の味以外にも楽しみが欲しい。

イスムの人たちの中に、料理が得意な人とかいたりしないかな……

あとは料理するなら調味料も買っておきたいな。

これは今日、街に行ったときにチェックしてみよう。

収穫中の女性が、俺に声をかけてくる。

「あの……収穫したものはどちらに運べばよろしいですか？」

「あっ、そうですね。ちょっと待っていてください」

俺は教会の中に戻って、自分の荷物の中から麻《あさ》の袋を取り出し、畑に戻る。

それほど大きくはないが、問題はないだろう。

「この中に入れていただけますか？」

「えっと……」

俺がそれほど大きくない袋を持ってきたことを見て、戸惑っていた人もいた。

「大丈夫ですよ、気にしないで入れてください」

そう言って、袋の中に入れるよう促す。

これは鑑定と一緒に、神力と引き換えに手に入れた収納スキルの力だ。

袋が満杯になるたびに『保管庫におさめる』と念じることで、袋から別空間に移すことができ、この力のおかげで、大量の野菜でも小さい袋だけで入れられるのだ。

鑑定スキルに、収納スキル。かかった神力は決して少なくはなかったけれど、すぐに元がとれるくらい便利なスキルだと感じた。

しばらくすると、家へと帰った組も合流したので、再び収穫を楽しんだ。

畑に生っていた野菜や果物は、ここにいるみんなが三食食べても二、三日はもちそうなくらい、大量だった。

収穫を終えた俺たちは教会へと戻った。

「じゃあ、みんなでリアヌ神に朝のお祈りを捧げて、それから朝食にしましょうか」

教会前の聖なる泉で土のついた手を清めてもらった後、ロゲルおばあさんにとりまとめを頼んで、みんなに祈りを捧げてもらった。

——ふわぁ……おはよ～。朝から精が出るね～。

そこで女神様がようやく目を覚ましたようだ。

「おはよう、リアヌン」

俺は自分以上のねぼすけがいたことに密かに安堵しながら挨拶する。

「みんなが祈りを捧げてくれている間、朝食の準備に取り掛かるか……あ、でもその前に……」

俺は荷物の中から、一通の魔法便箋《まほうびんせん》を取り出す。

それに必要な言葉を書き記して、教会の窓から、風に乗せて都市パルムへと送った。

そして食事の準備を始める。

『保管庫から取り出す』

収納していた作物の一部を、長テーブルの上にどんどん並べた。

色とりどりの野菜や果物。

「うーん……いや、やっぱり調理できる自信はないな……」

俺は諦めて、幾つかの野菜と果物を聖水で洗う。

そして風魔法で一口大にスパスパ切って、皿の上に盛った。

「おぉー……！」

祈りを終えた人たちがテーブルの上を見て喜ぶ。

配膳を手伝ってもらい、みんなが席についた。

パン、葡萄酒、スープに加えて、カラフルな生野菜のサラダと果物が追加されただけで、食卓はずいぶん華やかになった。

今日のところは、これでいいかな。

「じゃあ、みんなで一緒に食べましょうか」

朝の清涼な空気が満ちた教会。

みんなが楽しそうに朝ごはんを食べるのを見て、今日も一日が始まったのだと感じた。

食後になって、みんなはやる気に満ちた目で俺に問いかけた。

「アルフ様。今日はどんな仕事をいただけますか？」

「では、畑の整備をお願いしたいです。リアヌ神からいただいたあの種は、実るのも早いのですが、枯れるのも同じくらい早いとのことです。一つの種からは一度しか実らないということなので、あとは枯れていくばかりでしょう。まずは、畑の蔓《つる》を全て取り払います。そのあともう一度、種をまいてもらいたいのです。お願いできますか？」

みんなが力強く頷いてくれた。

「分かりました！」

「ぜひやらせてください」

「ありがとうございます、では皆さんで頑張りましょう！」

ロゲルおばあさんと何人かの女性たち、それから数名の子どもたちが食器の片付けを買って出てくれた。

後片付けを任せて、俺たちは教会の外に出る。

畑の前に行くと、既に作物はしなしなと垂れてきていた。

このペースだと、完全に枯れるまでにそれほどの時間はかからないだろう。

俺は畑の前で、大規模な土魔法を使った。

ドドドドドドドドド……

「うわぁー!!」

俺の後ろをついてきていた子供たちから歓声が上がる。

パルムにいた頃は、嫉妬されるのが嫌でこそこそ魔法を使ってたからなぁ……こんなに無邪気な反応をされるのは、ちょっとまだ慣れないや。

埋まっていた根などを掘り起こして、土を柔らかくする。

これで多少は、残された植物を回収するのが楽になるはずだ。

地面に散らばった根や蔓は、みんなに集めてもらった。

一度目と同じく俺は種を手から出した。

「では、昨日と同じように作業をお願いできますか？」

するとみんなが、不安そうな顔でこちらを見た。

「？」

俺が首を傾げると、目の前にいたダーヤという思慮深い青年が、みんなを代表して聞いてきた。

「アルフ様の魔法があれば……種をまくのにも、私たちは必要ないのではないでしょうか」

不満げというよりも、純粋に不安そうな、申し訳ないという表情だった。

俺は慌てて首を横に振る。

「種をまくような細かい作業に関しては、正直、魔法は向いてないんですよ。できなくはないんですが、結局一つ一つやることになるので、手でやるのとそう変わらないんです。皆さんの力を借りなければ、いくら魔法を使ったところで、余計時間がかかってしまうんですよ」

するとダーヤの眉間《みけん》から皺が消えた。

周りの人たちもほっと肩をなでおろして表情を緩めている。

「そうだったのですね。何も分かっておらず、失礼しました。アルフ様の魔法を目の当たりにして、つい役に立てないのではと思ってしまったものですから……」

「こちらこそきちんと説明していなかったですね。すみません」

「とんでもないです」

ダーヤは左手の手のひらを丸めて、こちらに差し出した。

「では、ありがたく働かせていただきます」

「ええ、助かります。よろしくお願いします」

他の人たちも次々と手を差し出す。

俺は気まぐれな種をイスム地区の人たちに分けていった。

種を渡し終わると、俺は食器洗い組に合流した。

表の聖水の泉で洗ってもらった食器を、俺は火魔法、風魔法でさくさく乾かした後、全てスキルで収納する。

「では皆さんにも、種をお渡ししていいですか？」

「はい」

女性たち、子供たちは、俺から種を受け取ると嬉しそうに笑った。

種を受け取るときにも、こちらに丁寧な礼をするロゲルおばあさんに、俺は話しかけた。

「すみません、ロゲルおばあさん。ミケイオとマリニアに手伝ってもらいたいことがあるのですが、二人を一緒に連れていってもよろしいですか？」

それを聞いたミケイオとマリニアが隣で首を傾げた。

「ええ、私は構いませんけれど」

ロゲルおばあさんが二つ返事で承諾してくれる。

「ありがとうございます。じゃあ、ちょっと二人とも来てくれる？」

「うん」

「分かった」

教会の中に戻り、俺はスキルで収納した自分の荷物の中から、二着のローブを取り出す。

「これを羽織《はお》ってもらいたいんだ」

「うん」

頷いてくれた二人に、茶色いローブを羽織らせる。

ちょっと長さがあったので、地面についてしまう部分を風魔法で切り取り、ちょうどいい長さに整えた。

「これでよし、と」

ローブをまとった二人は、何だか嬉しそうにそれを着た自分たちの姿を眺めた。

「ねぇ、これで何をするの？」

マリニアが弾んだ声で言った。

その質問に答える前に、教会の外からガタゴトと音が聞こえた。

扉が開いて、ロゲルおばあさんが入ってくる。

「アルフ様、馬車が来られましたよ！」

「ええ、すぐ行きます」

食事の前に魔法手紙を送って手配したのだが、思ったより早く着いたようだ。

俺はミケイオとマリニアの二人に言う。

「今から街に行こうと思ってるんだよね。二人には一緒に来てもらって、そこでの買い物を手伝ってもらいたいんだけど……いいかな？」

二人の顔が、ぱあっと輝いた。

「「うん！」」


教会の外へ出ると、畑の人たちが手をとめて馬車を眺めていた。

俺はみんなに集まってもらって、これから街へ買い物に行くことを伝える。

それからミケイオとマリニアを連れて馬車に乗り込んだ。

「では、行ってきます」

「お気をつけてー」

イスム地区の人たちに見送られて、馬車が再び発車する。

生まれて始めて馬車の乗るという二人は、ころころと笑っていた。

その笑い声を聞いているだけで、こちらまで笑みがこぼれてしまう。

二人についてきてもらって良かったな……

教会都市パルムへの道中では、最近の教会での出来事や、朝食として食べた野菜や果物の中では何が美味しかったかなど他愛ないことを話した。

そんな会話を続けていると、馬車があっという間にパルムの前にたどり着いた。

この地に来るのは、神学校を卒業した時以来だ。

パルムの外の教会へ向かっていたときの馬車の中は、一人での道中が永遠に感じられるほどにとにかく憂鬱だった。

そんな感慨を覚えながら、隣できゃっきゃと笑い合っている二人を見て微笑ましく思った。

馬車のまま、パルムに入る人々の列に並んでいると、自分たちの番が来た。

「パルム正神官のアルフ・ギーベラートです」

神学校卒業時に渡された神官証明書を見せると、門番がそれをチェックした。

「これは神官様！　大変失礼しました。どうぞお通りください」

畏まった様子ですぐに通してもらった。

壁の内側で馬車から降りる。

「帰られる時はいつでもお呼びください」

御者《ぎょしゃ》は丁重に礼をして、それから馬車を走らせていった。

「じゃあ、行こうか」

「「うん！」」

はぐれないように二人と手をつないで、俺はしばらくぶりのパルムの街を歩いた。

パルム街は賑わっていた。

街に来たことのない二人は、人がごったがえしている場に出るのも初めてだろう。大丈夫だろうか？

ちょっと心配になって二人を窺っていたが、ミケイオとマリニアにはそういった様子は微塵《みじん》も見られなかった。

怖がっていたり、動揺したりすることもなく、むしろ目を輝かせて、あちこちをキョロキョロしている。

宿屋の赤色の屋根も、料理屋の大きな看板も、俺にとっては珍しくもなんともない。

だが二人が矢継ぎ早にしてくる質問に答えながら歩いていると、こちらまで刺激的な未知の街に迷いこんだ気がして、足取りが自然と軽くなった。

「ねぇ、どこに向かってるの？」

「どこだと思う？」

マリニアの質問に、俺は問い返してみた。

「えぇ～、どこかな～？」

マリニアが楽しげに首を傾げて、ミケイオと行き先について話し合いを始めた。

俺が最初に向かおうと考えていたのは、中心街から外れたところにある一軒の道具屋だった。

『道具屋』という名前ではあるが、生活に必要な身の回りのものから、危険な魔物の生息地へと踏み込むときに重宝するようなアイテムまで、色々と揃っている。

基本的にあまり裕福ではない冒険者たちでも、気軽に買い物ができるような価格設定の店で、俺も神学校に通っているときには、よくその店を訪れていた。

田舎で貧乏領主をやっている両親からの仕送りを無駄遣いしたくなかったし、神学校に通う周囲のお金持ち同級生たちとは顔を合わせずに済む店だったので、勝手が良かったのだ。

お目当てのアイテムは、服と靴。

教会に来てくれているイスム地区のみんなの分だ。

聖水で洗ったから今着ているものもかなり綺麗にはなったものの、ゴミ山から拾い集めたのであろう彼らの衣服や靴は、穴が空いていたり、擦り切れてしまっているものが多かった。

どうせならこれを機に完全な新品を準備したいと思ったのだ。

しばらく歩くと、中心街から外れて人通りがやや減った。

歩いている人たちの恰好にも変化がある。

中心街では聖職者や貴族、裕福な市民の割合が高かったが、そこから外れればそれほど裕福なわけではない下級市民や冒険者の姿が目立ち始めた。

パルム市民とイスム地区の人たちほどの差ではないが、パルム内にも序列は存在する。

教会都市パルムで最も特権的な身分にあるのは、言うまでもなく聖職者。

教会は神から授かるスキルを独占しており、それを分配する権力を持つ者として大きく幅を利かせている。

貴族、パルムの治安維持を受け持つ騎士団、裕福な商人たちがそれに続く。それから中間層としての一般市民、そしてその下にはパルム出身でない外部からの移民、亜人種、危険で大変なクエストに従事する冒険者などが位置している。

そんな人たちの行き交う裏通りは、中心街ほどの明るさには満ちていない。

観劇の話や裕福な家同士の挨拶などで盛り上がる中心街の人たちと違って、どの人も自然とうつむきがちで、会話に立ち止まることなく歩いていた。

「大丈夫？　歩き疲れてない？」

少しだけ二人が静かになった気がしたので、俺は両隣に尋ねる。

「「大丈夫！」」

すぐに元気いっぱいな答えが返ってきたのでほっとする。

あの角を曲がったら道具屋だ……

俺がそう思って、前方へ進むと――

「おや、ぼっちゃんじゃないですか」

馴染みのある声が聞こえた。

声をかけてきたのは、荷車を引くちょび髭《ひげ》の男——野菜売りのポーロさんだ。

「ああ、ポーロさん！　しばらくぶりですね」

親しい人に出くわして、思わず声が弾んだ。

「ははっ。そういえば、そうですねぇ。やぁ、しかし聞きましたよ！　神学校を無事卒業されたそうじゃないですか。流石はアルフぼっちゃん。おめでとうございます」

「ありがとうございます」

「せっかくですから、ほら……」

ポーロさんは、後ろの荷台から大きなリンゴを取って、こちらに差し出してくる。

「お祝いです。もちろんヨーギの村でとれたものですよ。今年はあまり豊作とは言えませんが、それでもこれは、悪くない大きさでしょう」

ヨーギは俺の両親が領主をしている村。つまり俺の故郷だ。

同じくヨーギ出身であるポーロさんの仕事は、村から運ばれてくる野菜をこうしてパルムで売り歩くことだった。

「いいんですか？」

「ぜひぜひ」

「ありがとうございます！」

俺はポーロさんから、リンゴを受け取る。

「ぼっちゃん嬢ちゃんたちもいるかい？」

ポーロさんは、優しい顔でミケイオとマリニアにもリンゴを差し出す。

すぐに伸ばしたマリニアの手をとめて、ミケイオが俺に確認を取った。

俺は頷く。

すると、ミケイオもにっこりと頷き、ポーロさんに「ありがとうございます！」と元気よく言う。

マリニアとそれぞれ一つずつ、小さな両手で、大きなリンゴを受け取った。

「どういたしまして……ってアルフぼっちゃん、そういえばこの子たちはどこの子ですか？」

「ああ、それがですね……」

俺は神学校を卒業して、イスム地区の教会に赴任《ふにん》したこと、そこで二人と出会ったのだということを伝えた。

「なんと……ぼっちゃんはガートン神学校を卒業したのでしょう。いきなりパルムの外を任されるなんてこと、あるんですか？」

「普通はないと思うけど……でもまぁ、もとがパルムの人間じゃないですからね、俺は」

「ああ……」

ポーロさんは首を大きく横に振った。

「ここの市民たちのそういうところだけは、好きになれませんなぁ」

「でもおかげでこの子たちと会えたわけだし。運が良かったですよ、俺は」

ポーロさんは俺の顔をじっと見て、目を細めた。

「相変わらず、ギーベラートさま譲りの良いご性分です。神官だなんて立派になられて。アルフぼっちゃんは我々ヨーギの村民の誇りですよ」

ポーロさんがしみじみと言う。

「からかわないでくださいよ」

「からかうだなんて、とんでもない！」

俺とポーロさんは二人して声をあげて笑った。

ヨーギ訛《なま》りのポーロさんの言葉は、俺の耳にも心地よかった。

「ごめんなさい、仕事中にお邪魔して」

「いえいえ、いいんですよ！　呼び止めたのはこちらの方なんですから。それに、今日はあまり仕事になってないですからねぇ」

俺はポーロさんが引く荷車を見て首を傾げた。

「そうなんですか？　結構、売れてるみたいだけど……」

多い時には山のように収穫物が載っている荷車の中身は、いまや残り少ない。

ぱっと見は大盛況かと思ったのだが……

「ああ、違うんですよ。もともと村から入ってきた量が少なかったんです。この量じゃあ、仕事にならんですよ……」

「そうなんですか」

ポーロさんのやるせない表情を見て、ちくりと胸が痛くなる。

「ああ失礼しました、ぼっちゃん。なぁに、商売はうまくいくときばかりじゃないですからね。こういうときもありますよ。じゃあまた、近いうちに会いましょう」

荷車の持ち手を下げて、ポーロさんがとぼとぼと歩き出そうとする。

「あっ、ちょっと待ってください、ポーロさん！」

俺は思わず、彼を引きとめた。

「どうかされましたか？　ぼっちゃん」

「あの……ちょっと相談なんですけど」

「なんでしょう？」

首を傾げるポーロさんの前で俺はスキルを発動した。

『保管庫から取り出す』

「うちの教会でとれた野菜……売っていただけませんか？」

俺は収納スキルを使って、教会裏の畑で取れた、トマトや小ぶりのかぼちゃ、ぐるぐる巻きのナスなどを自分の手の平に取り出した。

ポーロさんは突然現れた野菜に、驚きの声を上げた。

「わぁ、さすがアルフぼっちゃん。昔からぼっちゃんは村一番の魔法の使い手でしたからね……」

ポーロさん、これは魔法じゃなくてスキルなんです！　と訂正しようと思ったけれど、わざわざ言うことでもないかなと思い、出した野菜をポーロさんに見せる。

「して、これは……教会で野菜を作られているのですか？」

「ええ、周りに土地が余っていたので、せっかくならとイスムに住む人たちに手伝ってもらって育てたのです」

「へぇ……トマトマに、子供瓜《こどもうり》、こっちは蛇《へび》ナスですか。いやぁどれも立派だ。ええ、ぼっちゃんさえ良ければ、喜んで売らせていただきますが……」

受け取った三つの野菜を見て、ポーロさんは言う。

「ありがとうございます！　えっと……じゃあ……」

俺はそのまま荷車の裏に回り込んで、スキルを念じる。

「どのくらい売っていただけますか……？」

『保管庫』から取り出した野菜、果物たちを少しだけ荷車の上に載せる。

顔を上げると、ポーロさんが目を丸くした。

「これは驚きました!!　こんなにも種類も量もお持ちだったとは！」

「えっと……」

言うかどうか迷ったが、俺は正直に口にした。

「この十倍くらいはあるんですが……」

「！」

ポーロさんは口をあんぐり開けて固まったあと、腹を抱えて笑った。

「それはいい！　ぜひお売りさせていただきますよ。こちらとしてもありがたい話です！　これなら得意先の料理屋にもおろすことができます。アルフぼっちゃん、行きましょう！　実は量が足りないもんで、幾つかの取引先を今日はパスするつもりだったのですよ。これだけ種類が沢山あれば、道中でも引っ張りだこになりますよ！」

水を得た魚のように、生き生きするポーロさん。

「ありがとうございます！　よろしくお願いします！」

俺は頭を下げて、ポーロさんについていくことにした。

「ぼっちゃん嬢ちゃん」

表通りに出ると、ポーロさんはミケイオとマリニアに声をかけた。

そして二人に、とりわけ綺麗なトマトマや子供瓜を差し出す。

「今からアルフお兄ちゃんの野菜を売るんだけどね、手伝ってくれないかな？」

ポーロさんからトマトマと子供瓜を受け取って、目を輝かせる二人。

「何をするの？」

「見といてくれよ〜。こうやって、お客さんに呼びかけるんだ」

そう言うとポーロさんは、よく通る声を歩く人たちに投げかけた。

「さぁ皆さん！　新鮮なお野菜と果物はいりませんか〜。トマトマに子供瓜、ちょっと珍しい蛇ナスまで揃っておりますよ！　食べごろですよ、いかがですか〜」

すぐに何人かの人たちが反応して、こちらに近づいてくる。

ポーロさんが二人を振り返った。

「こんな具合だ。お願いできるかな？」

「「うん！」」

二人は弾けるような笑みを見せて、明るい声で呼びかけを始めた。

「お野菜はいりませんか〜！」

「美味しいので食べてください〜！」

そんな二人のことをにこにこ眺めていると、ポーロさんにガッと腕を掴まれる。

「さぁアルフぼっちゃん。ここから戦場ですよ。お客は私が捌きますから、お野菜を渡したらお代を受け取ってくださいね。おっと、荷車はとにかく山盛りであることが大事ですから、補充も忘れずにお願いしますね！」

スイッチが入ったように、てきぱきと教えてくれるポーロさん。

「分かりました！」

ALPHAPOLIS
WEB CITY SINCE 2000
ALPHAPOLIS
アルファポリス
LN_Ver.3
アルファポリスの人気作品を一挙紹介

召喚・トリップ系

こっちの都合なんてお構いなし!?
突然見知らぬ世界に呼び出された
主人公たちが悪戦苦闘しつつも
成長していく作品。

いずれ最強の錬金術師？

小狐丸

既刊14巻

異世界召喚に巻き込まれたタクミ。不憫すぎる…と女神から生産系スキルをもらえることに!!地味な生産職を希望したのに付与されたのは、凄い可能性を秘めた最強(?)の錬金術スキルだった!!

THE NEW GATE

風波しのぎ

目覚めると、オンラインゲーム(元デスゲーム)が“リアル異世界”に変貌。伝説の剣士が、再び戦場を駆ける!

既刊21巻

装備製作系チートで異世界を自由に生きていきます

tera

異世界召喚に巻き込まれたトウジ。ゲームスキルをフル活用して、かわいいモンスター達と気ままに生産暮らし!?

既刊10巻

Re:Monster

金斬児狐

最弱ゴブリンに転生したゴブ朗。喰う程強くなる【吸喰能力】で進化した彼の、弱肉強食の下剋上サバイバル!

第1章:既刊9巻+外伝2巻
第2章:既刊3巻

種族【半神】な俺は異世界でも普通に暮らしたい

穂高稲穂

激レア種族になって異世界に招待された玲真。チート仕様のスマホを手に冒険者として活動を始めるが、種族がバレて騒ぎになってしまい…!?

既刊3巻

定価:各1320円⑩

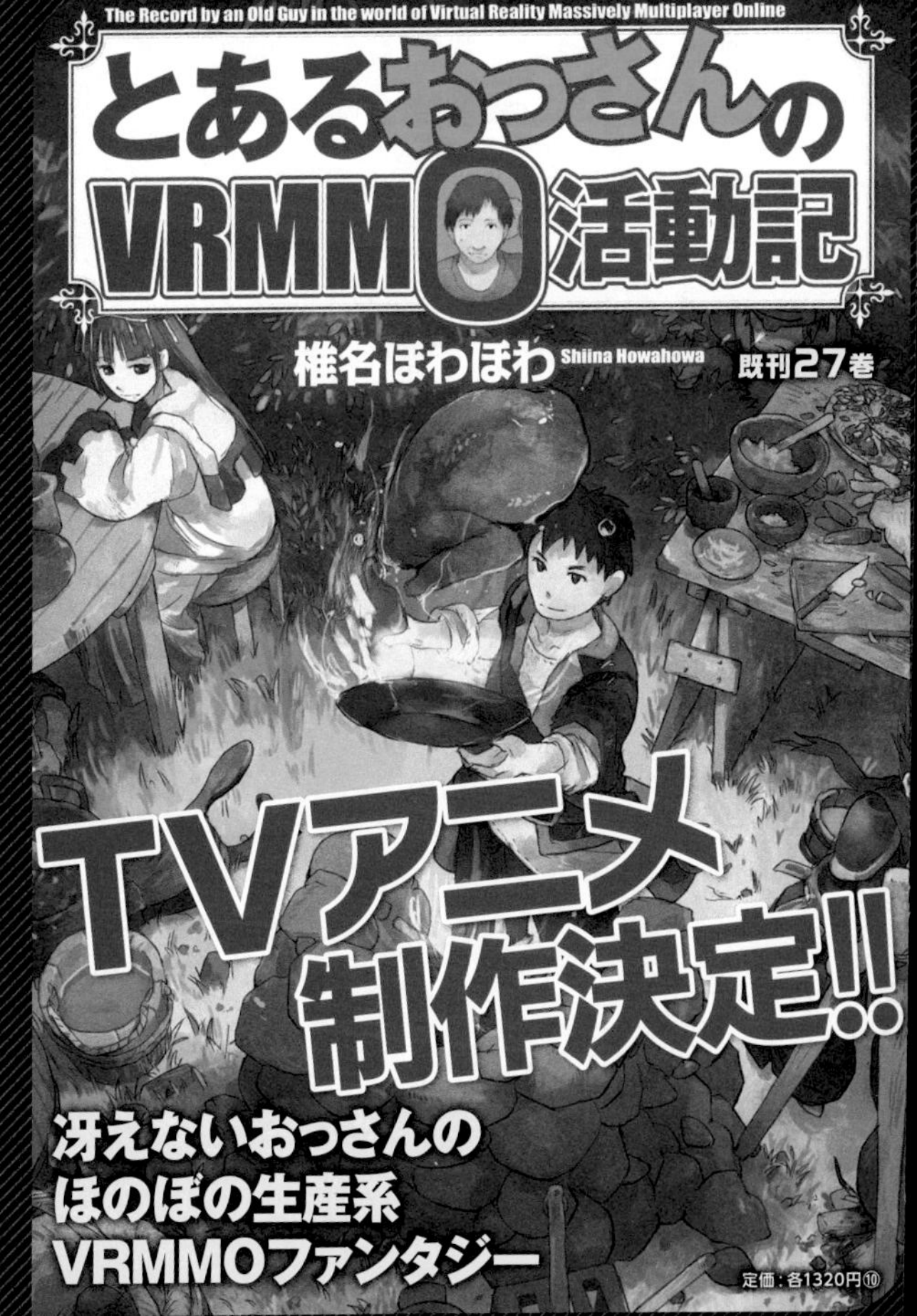
The Record by an Old Guy in the world of Virtual Reality Massively Multiplayer Online
とあるおっさんのVRMMO活動記
椎名ほわほわ Shiina Howahowa
既刊27巻
TVアニメ制作決定!!
冴えないおっさんの
ほのぼの生産系
VRMMOファンタジー
定価：各1320円⑩

強くてニューサーガ
NEW SAGA
阿部正行
Abe Masayuki
既刊10巻
TVアニメ制作決定!!
人類滅亡のシナリオを覆すため、
前世の記憶を持つカイルが仲間と共に、
世界を救う2周目の冒険に挑む!
定価：各1320円

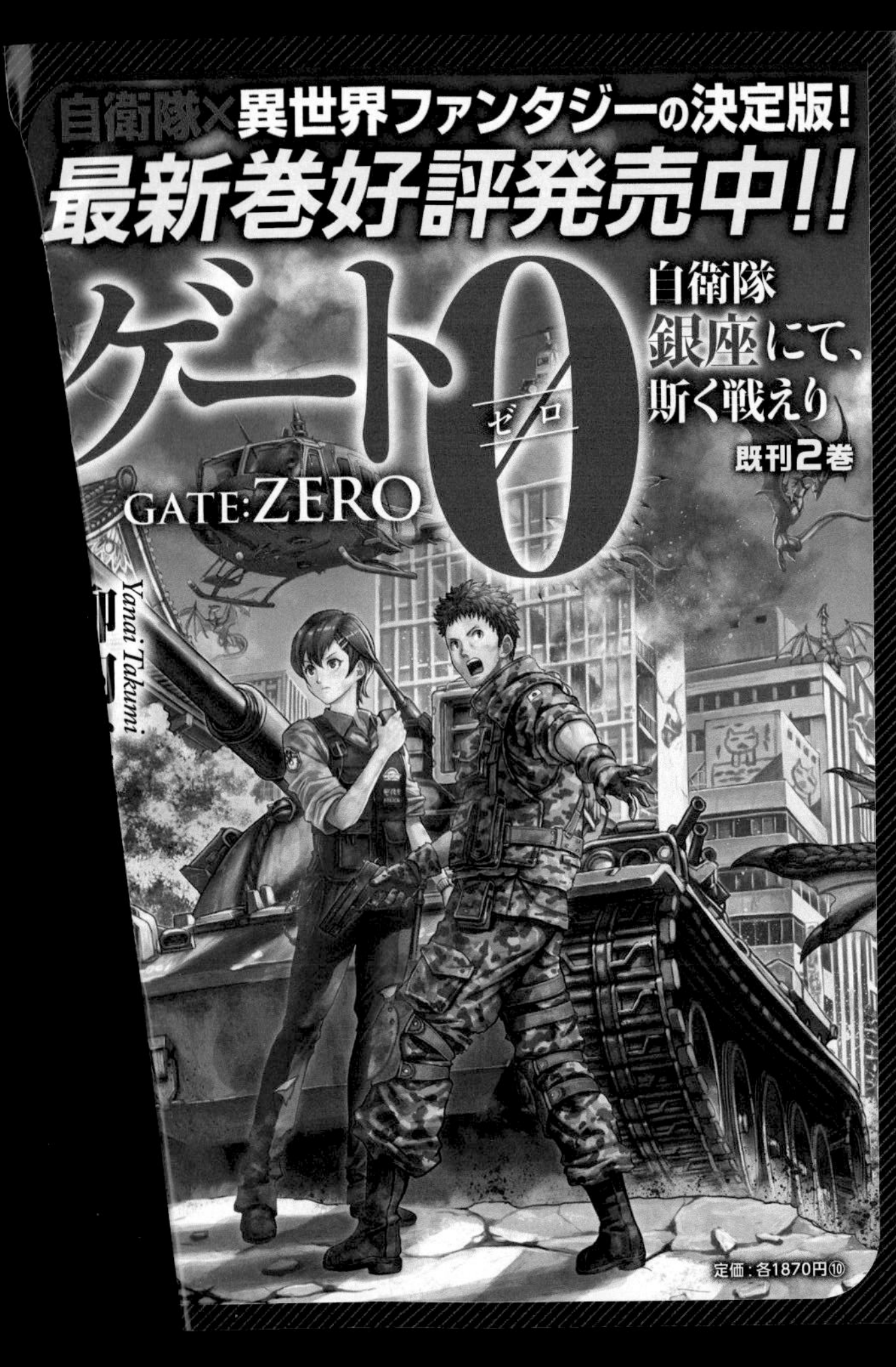
自衛隊×異世界ファンタジーの決定版!
最新巻好評発売中!!
ゲート0《ゼロ》
自衛隊
銀座にて、
斯く戦えり
既刊2巻
GATE:ZERO
Yanai Takumi
定価：各1870円⑩

月が導く異世界道中
Tsukiga Michibiku Isekai Dochu
あずみ圭
Azumi Kei
既刊18巻+外伝1巻
TVアニメ
2期決定!!
神と人族から
見捨てられた男の
異世界世直しファンタジー
定価：各1320円⑩

転生系　王道異世界系ラノベ!!

異世界ゆるり紀行
水無月静琉　既刊13巻
転生し、異世界の危険な森の中に送られたタクミ。彼はそこで男女の幼い双子を保護する。2人の成長を見守りながらの、のんびりゆるりな冒険者生活!

素材採取家の異世界旅行記
木乃子増緒　既刊13巻
転生先でチート能力を付与されたタケルは、その力を使い、優秀な「素材採取家」として身を立てていた。しかしある出来事をきっかけに、彼の運命は思わぬ方向へと動き出す――

実は最強系　アイディア次第で大活躍!

追い出された万能職に新しい人生が始まりました
東堂大稀　既刊7巻
万能職とは名ばかりで"雑用係"だったロアは「お前、クビな」の一言で勇者パーティーから追放される…生産職として生きることを決意するが、実は自覚以上の魔法薬づくりの才能があり…!?

落ちこぼれ[☆1]魔法使いは、今日も無意識にチートを使う
右薙光介　既刊8巻
最低ランクのアルカナ☆1を授かったことで将来を絶たれた少年が、独自の魔法技術を頼りに冒険者としてのし上がる!

定価：各1320円⑩

続々刊行中!　話題の新シリーズ

転生・トリップ・平行世界…
様々な世界で主人公たちが
大活躍する新シリーズ!
この面白さを見逃すな

追放された【助言士】のギルド経営
柊彼方　既刊2巻
ロイドは最強ギルドから用済み扱いされ、追放される…失意の際に出会った冒険者のエリスがギルドを創ろうと申し出てくるが、彼女は明らかに才能のない低級魔術師…だが、初級魔法を極めし者だった――!?　底辺弱小ギルドが頂に至る物語が、始まる!!

【創造魔法】を覚え
万能で最強になり
久乃川あずき
優樹は異世界
クラスメイトか
れてしまうが
入れた亡き
造魔法】でた
き抜くことに
既刊3巻

趣味を極めて自由に生きろ!
紫南
魔法が衰退し魔道具の補助無しでは扱えない世界で、フィルズは前世の工作趣味を生かし自作魔道具を発明していた。ある日、神々に呼び出され地球の知識を広める使命を与えられ――?
既刊2巻

幼子は最強
気付いてい
akechi
森の奥
リアの
達と
い光
伝説
ぬ問
にな
既刊2巻

余りモノ異世界人の自由生活
藤森フクロウ
シンは転移した先がヤバイ国家と早々に判断し、国外脱出を敢行。他国の山村でスローライフを満喫していたが、ある貴人と出会い生活に変化が!?
既刊5巻

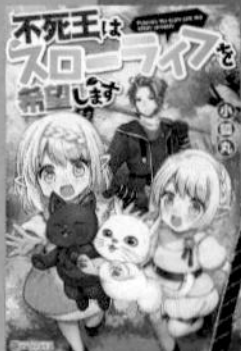

不
希
既刊4巻

俺もミケイオやマリニアに負けじと、大きな声で返事をした。

身なりの良い貴婦人たちや、舌が肥えていそうな貴族たちが寄ってきて、山盛りの荷車はあっという間に人で囲まれる。

これは……どのくらい売れるんだ……!?

俺はドキドキしながら明るい三人とともに、イスムで育てた野菜・果物たちを、売って、売って、売りまくった。


「お疲れ様でしたなぁ、三人とも！」

仕事を終えた俺たち三人にポーロさんが労いの言葉をかけてくれる。

大量の野菜・果物を、表通りで売り歩き、ポーロさんがいつも野菜を買ってもらっているという幾つかの料理店にも行って、夜に提供する食事で使える食材をいくらか卸《おろ》した。

教会に来ている人たち全員が食べても二、三日はもつだろうと思われた大量の野菜・果物たちは、一食持つかどうかという量まで減った。

さすがに全てを売ってしまうと万が一こっちの食べる分がなくなったら大変だ……と思い、頃合いを見て、早めになくなることを伝えておいて正解だった。

何も言わずに売り続けたら完売していたかもしれない。

俺たちの目の前のテーブルに、ポーロさんが温かい紅茶と冷たいリンゴジュースを二つずつ置いた。

ここは、ポーロさんがパルムにいる時に寝泊まりしている商館の客間。

ヨーギ村の商人をはじめとして、遠くの町や村々から来ている商売人たちが、共同でパルムの許可を得て利用している場所らしい。

「さぁさ、飲んでください」

「ありがとうございます」

「「いただきます!!」」

ミケイオとマリニアは、まだまだ体力があり余っているようだった。

だが、一生懸命声を出していただけあって、喉は乾いていたのだろう。競い合うようにして、リンゴジュースを飲み干している。

二人の飲み干したグラスを水魔法で軽くすすぎ、その中に葡萄水を注いであげると、「ありがとう」と目を輝かせて、二人はそれも飲んでいた。

「それにしても驚きましたなぁ……あれほど質の良い野菜や果物を、ぼっちゃんがあんなにも大量にお持ちだなんて」

ポーロさんは愉快そうに笑い、紅茶に口をつける。

それからカップを置くと、首を捻った。

「おや？　しかしアルフぼっちゃん、神学校を卒業されたのはつい最近のことですよね。教会で作っているとおっしゃいましたが……以前からあったものを、今回収穫されてきたということですかな？」

「ああ、そっか。その辺の説明がまだでしたね」

俺はイスム地区の教会でスキルを授かったのだとポーロさんに説明した。

そのスキルを使うと、一晩で実る植物の種が得られること。持ってきた野菜・果物は、全てその植物から収穫したことを話す。

相手がパルムの神官たちや教会関係者だったなら、正直面倒なことになりそうだからここまで正直には教えなかっただろう。

でもポーロさんとは昔からの関係だし、今日も快く助けてもらったので変にごまかしたくないと思った。

もちろん、彼にならば言っても大丈夫だという信頼もある。

「スキルというと……神官になられた方や貴族の方が教会で授かるという……はぁ、種を得るなんてお力もあるのですか」

ポーロさんは目を丸くして驚いた。

かと思ったら、ポーロさんはポケットからハンカチを取り出した。

「いやはや神官になられて、素晴らしいお力まで授かって。あんなに小さかったアルフ様が、よくぞ立派になられました……！」

ポーロさんは取り出したハンカチで目頭を押さえている。

な、泣いてる……

昔から「村の優しいおじさん」というイメージだったけれど、ポーロさんの方は俺に対して、実の息子に接するような気持ちを持ってくれていたのかもしれない。

そう考えると、俺の方にもこみ上げてくるものがあった。

「嬉しいです。そんなにまで言っていただけて」

「いやいやすみませんね。歳をとってから、妙に涙もろくなってしまったもんで」

ポーロさんはハンカチをしまうと、しゅんと鼻をすすり、気持ちを落ち着かせるためなのか、太い指で鼻下のちょび髭を触った。

「でも良かったです、今日は。少しでもぼっちゃんのお役に立てたのなら、こんなに嬉しいことはないですよ」

「こちらこそ、本当にありがとうございました」

俺はそう言って、保管庫の中から巾着袋を二つ取り出した。

もともとはどちらも空の袋だったが、いまや金貨、銀貨、銅貨でぱんぱんに膨らんでいる。

その袋を持って、俺はポーロさんに差し出す。

「えっと、このお金はどうしたらいいでしょう」

すると、ポーロさんはキョトンとした顔をした。

「どうするも何も、それはアルフおぼっちゃんと二人のちびっこ、それから畑で野菜の世話をしたイスムの人たちのものですからね。どうぞそのままお持ち帰りくださいよ」

「えっ……でも、ポーロさんが売ってくださったから、こうしてお金が得られたわけで」

「いいんです、いいんです。私も持ってきた野菜は全部売らせていただきましたし、そのお金はちゃんと頂戴《ちょうだい》しましたから」

「いや、それでも……」

さすがにここまでしてもらったのにと、俺は食い下がる。

そこでポーロさんが俺の言葉を遮るように言った。

「じゃあこうしましょうよ。また野菜が食べきれないほど収穫できたら、いつでも私のところにもってきてください。そうしたら今度は、私が最初にすべて買い取りさせてもらいます。後はこちらで販売の手間賃を上乗せして、その野菜たちを売りさばかせてもらいますよ。今日はなんと言ったって、一緒に回っていただいたわけですからね。久しぶりにアルフぼっちゃんの元気な姿を見せていただきましたし、それにこの可愛い子たちが頑張ってくれたというだけで、私は十分ですよ」

「本当に……いいんですか？」

ポーロさんは深く頷いた。

「もちろん。なぁに、商人は信用が命ですからね。こうして最初は信用してもらって、後からがっぽり儲《もう》けさせてもらうって寸法ですよ」

ポーロさんは大きな口を開けて笑った。

口ではこんなことを言っているけど、たぶん、ポーロさんは俺で儲けようなんて微塵も考えてないだろう。

商人としては、それが良いのかどうかは分からないけれど……ヨーギの村人らしい、純朴な人だなと俺は思った。

ここまで言ってくれているのなら、今回はポーロさんの優しさに甘えさせてもらうことにしよう。

「分かりました。じゃあ次回からは、ポーロさんの方も儲けられる形で、買い取りをぜひお願いします」

「ええ、ええ。しっかり儲けさせていただきますよ」

ヨーギ村出身の優しいちょび髭おじさんは、そう言って朗らかに笑った。

ポーロさんに礼を言って商館を後にすると、俺はその足で、道具屋へ向かおうとした。

しかし道を歩いている途中で、手をつないだ二人の歩幅が、徐々に小さくなっていくのが分かった。

それにミケイオもマリニアも、何度も目をこすっている。

ついさっきまで全く疲れのない様子だったのに、どうやらどっと疲れが押し寄せてきたようだ。

何度も躓《つまず》きそうになるマリニアを俺は抱きかかえた。

「ごめんなさい」

マリニアが小さな声で言った。

「大丈夫だよ、今日はありがとね」

「うん……」

背中をぽんぽん叩くと消え入るような返事の後、腕にかかる重みが増したのを感じた。

チラッと見ると、マリニアは可愛い寝顔をしていた。

「ミケイオ、もう少しだけ頑張れる？」

隣にいたミケイオに尋ねると、目をこすりながらも、こくりと頷いてくれた。

「よし」

俺は彼の手をしっかりと握って、踵を返した。

道具屋に行くのは、また次の機会だな。

マリニアを抱えたまま何とか馬車のたまり場までたどりつくと、俺は馬車に二人を乗せた。

「イスム地区の教会まで」

御者に神官証明書を見せて、俺はそう告げた。

馬車に乗ると、俺はミケイオの隣に座って、反対側に眠っているマリニアを座らせた。

「よく頑張ったね、ミケイオ」

何とか眠気をこらえて馬車まで歩いてくれたミケイオを労って頭を撫でる。

「うん」

ミケイオは微笑んだが、もうその顔は眠ってしまう寸前だった。

馬車が動き出すと、彼の体がぐらりと揺れた。

右腕で支え、自分の方に抱き寄せる。

「ちょっと無理させすぎちゃったな」

俺は静かな車内で反省する。

道具屋で何か買ってあげたいなと思ったけれど、それもできなかったし。次の機会には、絶対になにかしてあげなければ……！

両脇の温かさを感じながら、俺は教会へ向かう馬車の中で、そう誓うのだった。

第六話　謎の料理人

揺れていた馬車が止まり、教会に着いた。

日が傾き始めていたが、まだ日没までには少しありそうだった。

御者の手を借りながら、眠っていたミケイオとマリニアを馬車から降ろす。

「送っていただいて、ありがとうございました」

俺が頭を下げると、御者が礼を返す。

「いえいえ、またお呼びくださいませ」

そう言って、御者はパルムへと戻っていった。

「おかえりなさい、アルフ様！」

「おかえりなさいませ」

畑にいた人たちが、俺の周りに来て声をかけてくれる。

彼らの手や服は土でどろどろになっている。

今日もやっぱり、お風呂と洗濯は必要そうだ。

その中から、ロゲルおばあさんとクリーム色の髪をした少女のレンナが駆け寄ってくる。

俺がミケイオとマリニアを両手に抱えているのを見て、手伝いに来てくれたようだ。

「おやおや、すっかり眠ってしまって」

マリニアを引き受けながら、ロゲルおばあさんが言う。

「すみません、ありがとうございます……そうですね、ちょっと疲れさせちゃったみたいで」

「アルフ様」とレンナも手を伸ばしてくれたので、ミケイオをその手に渡す。

「ありがとう、レンナ」

お礼を言うと、彼女は恥ずかしそうに微笑んだ。

ロゲルおばあさんが気遣わしげに尋ねる。

「二人を連れていっていただいて、ご迷惑になりませんでしたか？」

俺は首を横に振った。

「むしろ二人にはとても助けられました。色んなことを手伝ってくれましたから。二人が起きたら、話を聞いてあげてください」

「へぇ、そうですか」

ロゲルおばあさんは、腕に抱えたマリニアの健やかな寝顔を見て目を細めた。

畑で働いてくれていた人たちがせっかく集まってきてくれたので、俺は保管庫から聖杯を取り出して、その中に葡萄水を注いで配った。

「おぉ……ありがとうございます……！」

「こちらこそ、今日は任せっきりで申し訳ないです！　一生懸命、種をまいてくださってありがとうございます」

「いただきます、アルフ神官」

「はい……どうぞっ。お疲れ様でした～」

ミケイオとマリニアを教会横の家まで運んで戻ってきたロゲルおばあさんとレンナにも、葡萄水を渡す。

それから俺は、みんなに話しかけた。

「すみません、ちょっと聞いてもらいたいことがあります」

「はい、なんでしょう」

「えっと、皆さんが種をまいて、収穫してくださった野菜についてです。本来なら先に話し合っておくべきだったんですけど……」

俺は街で知り合いの野菜売りと偶然出会い、その人と一緒に畑でとれた野菜を売ったことを伝えた。

俺はそのことについて、馬車の中でみんなに申し訳ないと思っていたのだった。

ポーロさんが売れる野菜が少ないと嘆いていたところから、あの時は思いつきでこちらの野菜を提供した。

でもあの野菜は本来、俺だけじゃなくてみんなで畑仕事をして得たものだ。

俺一人で勝手に売りさばいてしまう前に、みんなで使い道について話し合っておくべきだった。

そのことを説明した後、最後に頭を下げた。

「ごめんなさい！」

イスム地区の人々が困った顔を浮かべて言った。

「あぁ……でもそんなこと、誰も気にしていないですよ」

「そうですよ、神官様。私たちは十分食べさせてもらっていますし」

「種だって畑だって、アルフ様がいなければないものですからね」

「神官様がいなかったら、私たち、ゴミを漁るくらいしか食べていく手段がないですから……」

みんな口々に優しい言葉をかけてくれる。

ありがたいけれど、やっぱり良くなかったなと俺は思う。

こういう優しい人たちだからこそ、迷惑をかけていないかとか、こっちが一方的に利用しちゃってるんじゃないかとか、今後も俺自身が気をつけておかないと……

俺は心の中で反省して、言葉を続ける。

「ありがとうございます。今回は事後報告になってしまったので、今後はこうならないように気を付けます。それで……野菜を売って得たお金についてなのですが、今ここでお渡ししてもよろしいですか？」

周りのみんなは顔を見合わせて首を傾げた。

「ええと、お気持ちは嬉しいのですが……私たちはお金を分けていただいても使うあてがありません。パルムには入れてもらえませんし、よその場所へ行きたいと考えているものは、既にここにはいませんから……」

「もちろん、ゴミの中で銀貨や銅貨を見つけたら、それは皆、とっていると思いますが。でも使い道があるわけじゃないんですよ。強いてあげるなら、パルムへ向かう人たちと道で出会ったときに、拾ったお金と引き換えに食べ物を分けてもらうくらいですかね」

その一人の説明にうんうんとみんなが頷く。

そうか、お金だけあっても仕方ないのか。

ますます野菜を売らなきゃよかった……と思うが、これ以上謝ったところで、みんなに気を遣わせるだけだ。

それに、今後も食べる分以上に野菜がとれた場合は、やっぱりお金に換えてしまった方が使い道が増えることも確かだ。

「分かりました。では野菜を売って得たお金を使って、俺が何か街で買ってきます。それを皆さんにお分けするという形でもよろしいですか？」

するとみんなは、曖昧な感じで頷いた。

「私どもはそれで構いませんが……」

「食べる分を残していただけるのであれば、私どもはそれで十分なのですが」

俺は一人一人の表情を確認する。

不満に思っている人はいない……が、遠慮している雰囲気が感じられた。

「分かりました。もし何か欲しいものがある人や、違う意見を思いついた人は後でもいいので教えてください。それと、今後も食べる量以上の野菜がとれたら売りたいと考えているのですが、それでもよろしいですか？」

「もちろんです」

「神官様が良いのであれば」

「よろしくお願いします」

一応、反対意見は出なかったので、ひとまずそれで話を終えた。

その後は、俺もみんなと一緒になって、畑の種まきをする。

種を埋めていくこと自体は地味だけれど、みんなで作業しているという一体感が常に感じられて、心地よかった。

いつの間にか日没を過ぎて、昨日よりも少し遅くなってしまった。

ぱぱっと露天風呂を用意して、みんなに堪能してもらう。

その間に衣服もちゃきちゃきと洗濯して、入浴を終えた人からパンを渡し、今日はお開きにした。

「また明日、よろしくお願いします！」

帰宅する組と、教会横の家に泊まる組をそれぞれ見送って、俺は教会に戻った。

「今日は色々あったなぁ……」

教会の中で保管庫から毛布を取り出して、一日を振り返る。

さてそろそろ寝ようかと考えていると——

——あっ、もう寝る？

リアヌンの声が聞こえてきた。

「あっ、リアヌン。お疲れさま」

——お疲れー。

「どうしたの？」

——……いや、もう寝るのかなーと思って。

「えっと……」

何を尋ねられているのかよく分からず、俺は言葉に詰まった。

――あー、いや。今日は何したんだろうなぁーと思って。

心なしか、声が沈んでいるような気がする。

とりあえず聞かれた通り、今日あったことを話す。

「ああ、今日はね、ミケイオとマリニアを連れて街に行ってみたんだ」

――へぇー、そうなんだ！

すぐにリアヌンの声の調子が戻った。

何でもなかったのかな？

「うん。最近、二人とも子供たちの面倒を見たり、仕事の手伝いを頑張ったりしてくれているから、俺が貯めてたお金で何か買ってあげたらとか思ったんだけど……」

――うんうんっ。それで？

俺は促されるまま、今日あったことを一つ一つ話した。

リアヌンの相槌を打つ声は、とても弾んでいた。

――あぁ、そっかぁ～。二人も頑張ったんだねぇ……

ミケイオとマリニアが疲れて眠ってしまったことを話したときには、リアヌンはしみじみした声で言っていた。

俺は話をしながら、途中で思い至った。

この女神様、普通に誰かと話がしたい気分だったのかな？　最近は午前中に俺が教会から離れることも増えてきたし……

そんな疑問が頭に浮かぶ。

いやでも、神様だしな。自分が担当している教会の神官がちゃんと働いているのか、その報告を受けておきたかっただけなのかも。

すぐにそう考えなおすが、それにしては楽しそうだ。

からからとよく笑って、話のリアクションも素の明るさとしか思えない。

正直、眠たいなと思う気持ちもあったけれど。

最近の生活で一番お世話になっているのは、間違いなくこの女神様だしね。俺が話をするくらいのことで、ちょっとでも喜んでもらえるのなら……

変わった神様だなぁ……と思いながら、俺はそのあとも、陽気な女神様と話し続けた。


リアヌンとの話は弾み、最初にあった眠気もいつの間にか薄れてきた。

パルムで野菜を売ってから、戻って種まきの手伝いも少しだけだけどさせてもらった。

だから自分的にも相当、疲れていると思ったんだけど……

でもこんなに楽しそうに話を聞いてくれる相手がいると、意外と眠くならずに話せるもんなんだなぁ……

そんなことを思っていると、ふと嫌な感じを覚えた。

「……」

――どうしたの？　アルフ。

意識を集中させる。

『この感じは……』

俺は膝にかけていた毛布を横にどけて立ち上がった。

「ごめん、ちょっと出てくる」

――何かあった？

「いや、大したことじゃないと思うんだけど。すぐに戻るね」

リアヌンに引き留められそうだったので、詳細は伝えないでおいた。

俺の勢いに圧されて、リアヌンがしどろもどろになる。

――えっ、う、うん。行ってらっしゃい……？

「行ってきます」

俺は教会の扉を開けて、外に出た。

綺麗な星が出ていて、聖火をつけなくとも周りは十分に見えた。

外へ出ると、魔力の気配を感じた。

「油断してたな。パルム周辺やイスム地区には、ほとんど出ないって聞いてたから……」

俺が感じ取ったのは、とある魔獣の魔力だった。

その気配を辿って教会裏へ回ると、畑の端でもぞもぞと動いている影があった。

『鑑定する』

スキルの合言葉を念じると、動いている影の正体が明らかになった。

黒角ブゥア。

頭部に三、四本の黒い角を持った、イノシシ似の魔獣だ。

「まだ来たばかりみたいだな。良かった。作物がいくつか食べられてるかもしれないけど、本格的に畑を荒らされたわけではなさそうだ」

動いている影は、そこそこ大きいものが三匹。

集団にしては少ないが、ほかにも周りにいるのだろうか。

「いや、このあたりにはいないな」

漂っている魔力に意識を集中させてみるが、すぐに駆けつけてくるような距離にはいないようだ。

「三匹か……やれるかな」

自分の体から漏れ出る魔力を抑えて、気配を殺す。

作物に夢中の黒角ブゥアたちに近付く。

しかし、直前まで近付いたタイミングで、一匹が顔を上げた。

気付かれたか！

体が大きいわりに、警戒心が強い魔獣として知られる黒角ブゥア。

なるべく気配を殺したつもりだったが、さすがにこの距離では気配を誤魔化しきれなかったようだ。

「ブブブ」

「ブホッ！」

「ブッフォ！」

三匹は迷わず、こちらに向かって突進してきた。

俺は、土魔法で瞬時に壁を作る。

ゴッ、と鈍い音。

真っ直ぐ向かってきた三匹が、土の壁にぶつかったことを魔力の反応で感じる。

ごめんね……

心の中で謝り、三匹の位置を把握しながら土魔法を操る。

それから地面から鋭い土の槍を生み出した。

飛び出させた三本全てに、はっきりと手応えがあった。

土の壁を回り込んで三匹の様子を確認すると、槍に貫かれた三匹の黒角ブゥアが力なく足を動かしていた。

その後しばらくしてブゥアは動かなくなった。

『保管庫におさめる』

スキルを使って三匹の魔獣たちを収納する。

保管庫内の時間経過については、リアヌンに確認すると「ない」と言っていた。

だから仮に魔獣の肉であっても、ここに収納したら腐ることはないだろう。

そのあと保管庫から、ししとうを一回り大きくしたようなガラムルと呼ばれる野菜を取り出した。

それを潰して、畑の周りと教会両脇の二つの家の周りに念入りにまいた。

簡単ではあるが、なかなか侮れない効果を持った魔獣除けの完成だ。

「これで大丈夫だろう」

俺は手を払うと、教会の中に戻った。

着いてすぐにリアヌンが心配そうな声で尋ねてくる。

——おかえり。何だったの？

俺はさっきあったことをかいつまんで説明した。

——ええっ。魔獣が出たの⁉　それで大丈夫だったの……⁉

「大丈夫だよ。現れた三匹は倒したし、周りに仲間はいなかったから。魔獣除けもやってきたしね」

俺は、リアヌンを心配させるのも嫌だったので、あえて何でもないことのように言った。

「でもごめん。ちょっと疲れたから、そろそろ寝るね。話、付き合ってくれてありがとう」

――ああ、うん。こっちこそ、たくさん話してくれてありがとう……その、また良かったら、話、してくれる？　あー。もちろん疲れてないときとかで……たまにでいいから。

なんか、すごく控えめに提案してきた。

この女神様、陽気なイメージが強かったけど、内心では繊細《せんさい》だったり……いや、どうだろう。何にせよ、すごく人間味のある女神様だ。

「こちらこそ。今日はすごく楽しかったし、またこうやって、話してもらえると嬉しいよ」

――ふふっ。分かった。じゃあ、今日はおやすみなさい。

「うん。おやすみなさい」

ふっ、と女神像から気配が消えるのを感じた。

「帰ったっぽいな」

俺は横になったまま、目を開けていた。

教会の外の、魔力の流れに意識を向ける。

リアヌンには「大丈夫」と言ったし、自分でも半分くらいは問題ないだろうと思っていたけれど……その夜は、ほとんど眠ることができなかった。

翌日、教会の家で寝泊りしている人たちが起きてきて、裏の畑にやってきた。

「おはようございます、アルフ様」

「おはようございます」

俺は野菜を収穫していた手を止めて、挨拶をした。

「アルフ様、あちらに獣が倒れております！」

ロゲルおばあさんが、畑の隅を指さして言う。

その指の先には、黒角ブゥアがごろりと転がっている。

昨晩俺が狩ったうちの一匹だ。

心配そうな顔をしている人たちに説明する。

「あの獣は昨日の夜、この畑を荒らしにきたのです。数匹は仕留めたのですが、おそらくまだ群れがどこかにいると思います。ですからああして仕留めたものを横倒しにして、近寄らせないようにしているのです。警戒心の強い魔獣ですから、それなりの効き目があるかと思います」

「なんと……！　あの大きな獣をアルフ様おひとりで仕留められたのですか」

ロゲルおばあさんは驚きの声をあげる。

後ろに集まった女性たちも目を丸くしている。

子供たちはよく状況が分かっていないようで、驚く女性たちの顔を不思議そうに眺めていた。

俺は笑い、手を左右に振って否定した。

「大きさはあれですけど、見かけほどの魔獣じゃありませんよ」

「いえ、しかし……！」

「臆病な獣なんです。太陽が出ているうちは人間の前に姿を現すことはないと思いますから、安心してください」

俺はロゲルおばあさんや周りの女性たちに言って、それから話を変えた。

「先に野菜の収穫を手伝ってもらってもいいですか？　朝食は帰宅している人たちが教会に来られてからがいいかなと思うので」

「分かりました」

「お手伝いさせてください！」

子供たちも含めて、みんなが畑の中で収穫に取りかかる。

俺は、畑の隅にいる黒角ブゥアを一瞥しながら考えた。

畑と建物の周りはガラムルをまいて魔獣除けをしたし、仕留めた黒角ブゥア一匹もよく見える位置に寝かしている。多分、日中は大丈夫なはずだ。

でも夜は……もっと確実に安全を確保できるようにしたい。

土の壁で周りを囲うってこともできなくはないけど……ちょっとやり方を考えよう。

頭の中で考えつつも、周りの人を不安にさせてしまうといけないから、顔には出さないように気をつけた。

イスム地区の通い組が合流して、野菜の収穫を無事終える。

黒角ブゥアによる被害は、茶色の瓜がいくつか齧られていたり踏みつぶされていたりしただけなので、ほとんど問題はなかった。

作物を回収した後の蔓や根と一緒にそれらの瓜を聖火で燃やし、聖灰にして畑にまいた。

収穫を終えると、今日もパン、スープ、葡萄水、調理を必要としない野菜を食卓に並べる。

それから魔法手紙を送って、今日もパルムからの馬車を寄こしてもらうことにした。

リアヌンにみんなで祈りを捧げて、朝食を食べる。

朝の教会は涼しくて、頭が冴える気がした。

昨日はほとんど寝ていないけれど、まだ問題なく働けそうだ。

賑やかな食事を終えると、みんなに種を配って、今日も畑の世話をお願いすることにした。

誰一人嫌な顔をせず、むしろ嬉しそうに種を受け取って、畑に向かう皆。

逆にこっちが、毎日同じ仕事だと飽きてしまわないかな……？　と心配になってしまう。

一度に野菜はかなりの量がとれるし……明日あたり、休息日を定期的に設けたいと提案してみようかな。あとは、畑以外の仕事も、早いところ用意できるといいんだけど。

ひとまず今日は何も用意できていないので、畑作業をお願いした。

馬車が現れると、俺はミケイオとマリニア、それからロゲルおばあさんを呼んだ。

「今から街へ行くんですけど、一緒に来てもらえませんか？」

するとロゲルおばあさんは、頭の上に？マークを浮かべて、俺に言った。

「アルフ様、ミケイオとマリニアの二人から話は聞きましたよ。この子たち、街で一生懸命、野菜を売るお手伝いをしたそうですね。ですが私はこの老体ですから、ついていったところで役に立てることなんて何もありませんよ」

俺は首を横に振った。

「そんなこと言わないでください。ロゲルさんには教会の家で生活してもらっていることを活かして、そこでの生活で必要なものが何かを教えていただきたいんです」

「なるほど、そういうご相談でしたか」

ロゲルおばあさんは、納得してこくりと頷いた。

「では……」

俺が言いかけると、ロゲルおばあさんが反対側にいる少女を呼ぶ。

その子は前回街から帰ってきた俺たちを出迎えてくれたレンナだった。

「こっちにおいで、レンナ」

呼ばれたことに気付いて、とことこと駆け寄ってくる。

「なんでしょうか」

「アルフ様が街でお買い物をするのに、お供してくれる人を探しているそうだよ。レンナ、あんたは生活のことがよく分かってるし、アルフ様のお役に立てるんじゃないかと思ってね」

「わ、私ですか？」

レンナは素っ頓狂な声を上げ、長いまつ毛をぱちぱちと瞬《しばた》かせた。

「そうだよ。私はあんたが適任だと思うんだが」

ロゲルおばあさんはそう言うと、俺の顔を見た。

「アルフ様、構いませんか？」

「えっと、はい。ロゲルさんとレンナが良いのであれば、俺はそれでお願いしたいです」

「どうするかい？　レンナ」

ロゲルおばあさんが、レンナの答えを待った。

レンナは決めかねているようだったが、しばらく待つと、口を開いた。

「私でお役に立てるのであれば……よろしくお願いします」

そばで話の成り行きを見守っていたミケイオとマリニアがにこにこと笑った。

「じゃあ、アルフ様。三人をよろしくお願いしますね」

ロゲルおばあさんはそう言って、柔らかい笑みを向けた。


ミケイオ、マリニア、レンナとともに馬車に乗る。

四人で座ると、馬車の座席はちょうど埋まった。

詰めれば六～八人くらいは座れそうだが、四人がぴったりだ。

ミケイオとマリニアが隣同士で座り、最後に乗り込んだ俺は、ミケイオの正面、レンナの隣に腰を下ろした。

畑を任せた人たちに見送られ、馬車はパルムへと出発した。

馬車が動きだすなり、ミケイオとマリニアは、昨日と同じくらい生き生きとした調子で会話し始めた。

俺は隣のレンナを見る。

肩があがっていて、目線は下がっていた。

緊張しているのだろうと思って、俺は話しかけた。

「馬車に乗るのは初めて?」

「はい。街へ行くのも……」

イスムの人たち、特に子供たちを含む若い世代は、パルムの中に一度も入ったことがないという人の方が多いらしい。

よその地域から移動してきたか、生まれてきたときからイスムで暮らしてきたか。その二つの場合が大半ということだった。

「ですから、その……とても緊張します。パルムの中へ、入るというのは」

レンナの膝の上に置かれた握りこぶしには力が入っていた。

その両こぶしに別の手が被さった。

レンナの華奢《きゃしゃ》な手よりもさらに一回り小さくて、あどけない手。

レンナの正面に座るマリニアの手だった。

「レンナちゃん。パルムにはいっっぱい人がいて、すっっっごく楽しいんだよ！」

マリニアが満面の笑みでレンナに言った。

レンナはその表情を見て、くすりと笑った。

それから握っていたこぶしを開き、マリニアの手を下から包み込む。

「そうなんですね」

「うん！　楽しみだなぁ」

うっとりするようにマリニアが言うと、レンナはまた、クスクスと笑った。


パルムの中へ着くと、俺は最初に商館へ向かうことにした。

「はぐれないようにね、手をつなぐの」

馬車から降りて、俺がミケイオと手を繋ぐと、それを見たマリニアがそう言って、レンナの手をぎゅっと握った。

小さいマリニアが、レンナのお姉さんのように振舞っている様子が、何ともいじらしい。

「じゃあ、行こうか」

「「はーい！」」

手を挙げて答えるミケイオとマリニア。

レンナは二人のそんな様子を見て、また楽しそうに笑っていた。

ちびっこたちのペースにのせられて、緊張はだいぶほぐれたようだった。

商館に着くと、ポーロさんが出迎えてくれた。

外で野菜を売っていて留守にしているかもと思ったので、一安心。

「よくぞいらっしゃいました、アルフおぼっちゃん！」

「おはようございます、ポーロさん。今日はまだ野菜を売りに行っていないのですか？」

「いやぁ、それがどうも、昨日ぼっちゃんが持ってきてくれた野菜の評判がすこぶる良いようでしてなぁ……今朝もいつも通り荷車を走らせていたら、すぐに大勢の方が寄ってこられましてね。『昨日の野菜はすごく美味しかった』とか『あんたのとこの野菜が美味しいって聞いたぞ』とかって、沢山の方がまとめて買われていきました。一日かけて売るつもりだったのに、あっという間に売り切れちまいましたよ」

ポーロさんはホクホクした顔だ。

「良かったです。今日も少し持ってきたので、買って頂けますか？」

「もちろんです！『もうないのか？』とか『予約させてくれ』って頼んでくる方までいましたからね……また荷車を走らせたら、すぐに売り切れるでしょうな」

ポーロさんの笑顔を見ていると、こちらまで自然と顔がほころぶ。

「あっ、あと一つお願いしたいことがあるのですが」

俺はポーロさんにそう切り出す。

「おっ、なんですか？　私にできることなら、喜んで協力させていただきますよ」

「えっと……荷車って、空いているものがあったりしないですかね。もしよかったら、お借りしたいんですけど……」

「いいですよ。こちらへいらしてください」

商館の裏手に案内してもらうと、荷車や屋台車が建物に沿って何台も停められていた。

ポーロさんはその中の一台を気前よく貸してくれた。

「ありがとうございます、お借りします」

そう言って、俺はその荷車を保管庫に収納する。

それからポーロさんに保管庫に収納して持ってきた野菜を買い取ってもらった。

黒角ブゥアのこともあったし、全ては売らないで、収穫できたものの半分だけを売ることにした。

保管庫の中の野菜は、教会のみんなで三食食べて二日分ほど残っている。

これくらいの食料を常時残しておけば、これからも安心だろうと考えた。

野菜を気前の良い値段で買い取ってくれたポーロさんにお礼を言って、俺たちは商館を後にした。

それから向かったのは、街の外れにある大きな倉庫のように広い店。

昨日ミケイオたちと行く予定だった、何でもそろうことと安価なことが売りの道具屋だ。

道具屋から少し離れた建物の角で、人の視線を一応確認して、俺はポーロさんから借りた荷車を保管庫から取り出す。

「じゃあ入ろうか」

それから道具屋の入口前までみんなで移動して、荷車を押したまま店の中に入っていった。

道具屋の中は賑わっていた。

ところどころ錆《さ》びた鎧《よろい》を身につけている人や年季の入ったローブに身を包んだ人などがいる。

冒険者だと一目で分かる人が多かった。

殺伐《さつばつ》とした雰囲気を発しているのを感じ取ると、日頃から過酷な環境で仕事をしていることが窺えた。

上を見ると天井は高く、そこでは黒い魔鳥が飛び交っていた。

止まり木から止まり木へと移動しながら、ときおり眼下の客に鋭い視線を向けている。

魔鳥らは魔力の気配を感知しながら、客が盗みを働かないように見張っていた。

これを事前に知っていたから、俺はポーロさんから荷車を借りたのだった。

一人で持てる量には限界があるし、もちろん店の中で収納スキルを使うわけにはいかない。

そこで欲しいものを入れるための荷車の出番だ。

「三人とも、はぐれないようにに手をつないでてね」

俺は後ろを振り返って言った。

頷く三人。

レンナだけでなく、これまでずっと楽しそうにしていたミケイオとマリニアの表情も少し強張っていた。

別に怖い店とか危ない店ってわけじゃないんだけど……冒険者もたくさんいるし、初めて来た三人にとってはちょっとおっかないのかも
俺は必要だと思うものをてきぱき選んで、早めに道具屋を出ようと考えた。

「そうだな……まずは衣類と靴、それから毛布だな」

冒険者たちが日頃使うような、飾り気があまりない、実用性に特化したような衣類。

農民たちの恰好ともほとんど変わらないそれらが、並べられた木箱の中に山のように積まれている。

何がどのくらい必要なのかをレンナに尋ねながら、購入するものを荷車の上に載せていく。

「そんなに買っても大丈夫ですか……？」

「大丈夫だよ。みんなと収穫した野菜が結構高値で買ってもらえたからね」

心配そうにするレンナに俺はそう応える。

手伝ってくれたみんなの働きと、お金持ちたちにうまく売りつけてくれたポーロさんの手腕に感謝だ。

手を洗った後や作業時に汗を拭う布も衣服と合わせて購入する。

革の靴もみんなに行き渡るよう、十分な量を荷車に積んだ。

それから毛布。

教会の家に今設置しているベッドは、木で作ったものをどすんと置いただけで、下に敷くものも上にかけるものも何もなかった。

イスムの人たちが「小屋の床で眠っていたから特には気にならない」と言ってくれたこともあって、しばらくそのままだったのだ。

この毛布が一枚ずつあるだけで、ずいぶん違うはず。

ゆくゆくは高級宿屋顔負けの快適空間に……と、そこまでできるかは分からないが、野菜を売るという現金収入も得られるようになったし、増やしたお金をどんどんみんなに還元していきたいなと思った。

いや、快適にするのも大事だけど、もっと教会の家に住める人を増やせるようにする方が先かな。

まだ教会に来る半数以上の人たちは、依然としてゴミ山の周りに立てた小屋に住んでいる。

本人たちが「教会の隣に住むよりも、ずっと住み慣れた小屋の方がいい」と言うようであればそれでも良いのだが、話を聞いた限りでは、そこにこだわりのある人はいない。

住めるならばちゃんとした清潔な家の方がいいけれど、でも元にいた家で耐えられないことはない。自分たちよりも他の人を優先してくださいと考える人が大半だ。

つまり優先とか関係なくなるくらい、スペースに余裕が生まれれば、みんなこっちに住んでくれるはず。

となると、教会の周りにはさらに家を建てたいところだ。

幸い教会の周りには、パルムの人たちが打ち捨てた土地がいくらでもある。

わざわざパルムの人間がこっち側に住むことも近寄ることもしないからだ。

教会の建物自体含め、放置されている以上、その土地を今さらどうこうしたって、文句を言ってくる人はいないはずだ……たぶん。

あと必要なのは、家を建てるための木材。

裏手の雑木林の木を使ってしまったため、これはどこかでいずれ調達が必要だ。

そんなことを考えていると、とんとんとレンナに肩を叩かれた。

振り向くと、彼女は通路に置かれた木箱を指さしていた。

「あの、アルフ様。こちらも買っていただいてもよろしいでしょうか？」

そこにあったのは、布やほうき。掃除用具だ。

「ああ、もちろん！　家の掃除に使うの？」

「はい。せっかく綺麗な場所に住ませていただいてますし、せめてそういうことができないかなと思って……」

気配り上手なところがレンナらしい。

ロゲルおばあさんに勧められたからではあったけれど、彼女に買い物についてきてもらって本当に良かった。

「ありがとう。値段は大したことないし、必要なものはどんどん買っておこう」

俺はレンナが提案してくれたものを、彼女が望むよりも多くとって荷車に載せた。

支払い時の対応は、冒険者たちにも見劣りしないくらいがっしりした体つきの男だった。

冒険者稼業と兼任しているのかもしれないが、その辺はよく分からない。

購入した商品を確認する強面《こわもて》なその男に、俺は尋ねた。

「この店では木材って取り扱ってないですかね」

「木材？」

男は顔を上げて俺に聞き返した。

「ええ」

「何に使うんだい」

「えっと……ちょっと小屋でも作ろうかと思いまして」

人が住めるような大きなものではなく、まるで小さな犬小屋でも作るかのような口調で俺は尋ねた。

「ああ」

男にはそれで意図が通じたようだった。

「魔物をぶっ叩くための木の棒くらいなら売ってるだろうが……木自体は売ってないかもな」

「そうですか」

「すまんな」

男は顎に手を当てて付け足す。

「ここは冒険者が来るような店だからな。木なんて、森に行けばいくらでもとれるわけだし」

「そうですよね……えっ」

「ん？」

男が俺の声にまた顔をあげる。

「森の木って、勝手に取ってもいいんですか？」

「勝手にというか……冒険者が行くような魔物の生息地は、基本、冒険者ギルドの管理下にあるからな。冒険者に魔物を駆除させる代わりに、そこの物資は持ち帰っていいことになってる……じゃなきゃ、ギルドの安い報酬だけじゃ、魔物が出るような危険な場所に行きたがるやつ、いなくなるからな」

男はやれやれという風に言った。

なるほど、その手があったか……！

「教えてくださってありがとうございます」

「ああ……」

俺が礼を言うと、男は不思議そうな顔をして返事をした。

頭の中で計算していたものの、お金は問題なく足りた。

ポーロさんからもらった収入のおかげだ。

野菜を売る時は上級市民に売り、物を買いたい時は、下級市民向けの店で買う。

これによってなるべく支出を抑えて買い物できる。

もちろん表通りの高い店で買えば、より質の高いものが手に入るだろうけれど、今は質よりも量だ。ひとまず全員に行き渡ることが最初の目標。

焦らずとも、これから質も徐々に上げていけるはずだ。

店からしばらく離れ、人目のつかない路地に入ると、俺はスキルを発動した。

『保管庫におさめる』

生活品の山が載った荷車が、目の前からさっと消える。

「これでよしと。三人とも、買い物に付き合ってくれてありがとう」

レンナたち三人は、皆ほっとした顔をしていた。

今日の買い物で必要なものは大体分かったし、次に道具屋へいくときは一人でもいいかも。かなり皆を連れ回しちゃったし……

それから通りで売っていた肉と葉野菜の挟まった熱々のパンを、俺が蓄えていた小遣いで買って四人で食べた。

ポーロさんから貰ったお金はイスム地区の皆の共通収入だから、皆で使うものを買うために残した。

「んぅー！」

頬張るなり、マリニアが嬉しそうな声をあげる。

隣のミケイオもこれ以上ないくらい目を輝かせて、パンにかぶりついていた。

「私はいいですよ！」

「まぁまぁ、みんなで食べる方がおいしいからさ」

レンナは遠慮していたが、俺はその手にパンを押し付けた。

俺が食べ始めると、それに続いてレンナも控え目に、ちぎったパンを口に運んだ。

「……！」

予想した以上に美味しかったのか、大きな瞳をぱっと明るくするレンナ。

俺が見ていたことに気が付くと、恥ずかしそうに頬を赤らめて目を逸らした。


道具屋での買い物を済ませた俺たちは、ポーロさんに荷車を返却するため、商館へと戻った。

しかし商館にポーロさんの姿がない。

まだ帰ってきてないのかな……

俺たちが客間前の廊下でうろうろしていると、部屋が並ぶ廊下で声をかけられた。

「誰を探しているんだ？」

肩に重そうな荷物をさげた男性が立っていた。

日に焼けた肌で、顔の彫りは深く、髪を後ろでくくっている。

「えっと、ヨーギ村から来ているポーロさんに用があって……」

俺がそう言うと、男性は眉をくいっと上げた。

「奇遇だな。俺もポーロが帰ってくるのを待ってるんだ。もう少ししたら帰ってくると思うぞ。よかったら、一緒に客室で待たないか」

「あっ、はい」

俺は三人とともに、その男性の後に続いて客室へと向かった。

男性は俺とレンナに温かい紅茶を、ミケイオとマリニアにはポーキーという白くて甘い飲み物を用意してくれた。

「おいしい」

ポーキーを一口飲むと、ミケイオたちが顔をほころばせた。

「そうか、美味しいか」

男性が二人を見てにこやかに言った。

「うん！」

「そうだ、ちょっと待ってな」

そう言うと、男性は荷物を持って部屋を出た。

しばらくすると戻ってきた彼の手には、二つの皿。その上には、こんがりと焼けたアップルパイのような食べ物がのせられていた。

「今朝、ポーロからもらった果物で焼いたんだが、作りすぎてな。良かったら、四人で食べてくれよ。『ルコッテ』と言って、俺が住んでいた村の家庭料理なんだ」

わざわざ温め直してくれたようで、ルコッテは出来立てのように見えた。

ミケイオとマリニアが、きらきらした目でこっちを見た。

俺はにこりと笑って頷く。

それから俺は、ルコッテを用意してくれた男性にお礼を言う。

「ありがとうございます。いただきます」

「おう」

「「いただきます！」」

ミケイオとマリニアはルコッテを口に含むと、少し熱かったらしく、はふはふしながら食べていた。小さな頬いっぱいに詰め込んでいる。

「美味しいか？」

男性に聞かれると、二人は即答した。

「「うん！」」

「それは良かった」

「いただこうか」

レンナに声をかけつつ、俺たちも目の前に置かれたルコッテに手をつける。

こんがり焼けたサクサクの生地、その上にのったゴロゴロの果肉……まさに「ほっぺたが落ちる」と表現したくなる逸品《いっぴん》だった。

うまぁぁぁぁぁ……

頭がくらくらするような幸福感に満たされる。

このスイーツはやばい。やばすぎる……

「気に入ってくれたみたいで嬉しいよ。俺は料理人……いや、元料理人のダテナというんだ」

顔を上げると、男性が口元を緩めてこちらを見ていた。

「あっ、すみません」

夢中になって食べていたけれど、まだ名乗ってすらいなかった。

「申し遅れました、アルフです。こちらはレンナ、ミケイオ、マリニア。みんなイスム地区に暮らしていて、今日はポーロさんに用があったのと、それから少し買い物をしようと考えてパルムに来ました」

イスム地区という単語を聞いても、ダテナさんは特に顔色を変えなかった。

それだけで信頼できる人だなと思える。

ポーロさんの知り合いでもあるわけだし、悪い人ではなさそうだ。

「よろしくな。三人とも」

「よろしくお願いします、ダテナさん」

「「「よろしくお願いします！」」」

俺に続いて、レンナとミケイオたちが挨拶していた。

「さあさあ、冷めないうちに食べちゃってくれ」

ダテナさんに促され、俺たちはルコッテを食べ進める。

ダテナさんが作ってくれたルコッテを食べ終え、その余韻《よいん》に浸りながら紅茶を飲んでいると、待ち人が姿を現した。

「ああ、アルフぼっちゃん！　お待ちになられていたんですね！」

ポーロさんが、こちらに声をかける。

「あ、ポーロさん。おかえりなさい」

「やぁやぁ、すみません。荷車なら裏に停めておいてくだされればよかったのに……しばらく待ったでしょう？」

「いえ、こちらのダテナさんが手料理を振舞ってくださって。ちょうど今、食べ終わったところでした」

「ははぁ、そうでしたか」

ポーロさんはそのまま、隣に目を移して、ダテナさんに一言。

「すまなかったな、ダテナ」

ダテナさんは、首を横に振ってから話し始める。

「いや。今朝、あんたに食べてもらったパイがあっただろう。それが結構な量、残ってたんだ。俺一人じゃ食べきれんぞと思ってたから、この子たちがいてくれて、本当に助かったよ」

するとポーロさんは、ぱっと明るい顔になった。

「あぁ、あのルコッテか！　なんだ、余っていたのなら私ももっと食べさせてもらえば良かったよ」

にこにこしながら、ポーロさんは続ける。

「いやぁ、君の手料理を久しぶりに食べさせてもらったが、やはり腕は落ちてなかったな。ぼっちゃん、この男の料理、なかなかのものだったでしょう？」

ポーロさんに話を振られ、俺ははっきり頷く。

「ええ、とても美味しかったです。ね？」

「「うん!!」」

ミケイオとマリニアの元気な返事に、ポーロさんは声をあげて笑い、言葉を続けた。

「このダテナという男はね、ブッフォン通りの高級店で働く料理人なんですよ。私たちと同じで出身は遠い村なんですが、料理の腕一つで評価されて、このパルムにやってきたのです。立派な男なんですよ」

ポーロさんはそう言って、自分のことのように胸を張った。

そこで、ダテナさんが暗い顔になった。

「ああ、あの店なら辞めさせられたよ」

「そうそう店をね……えっ、辞めさせられた⁉」

「ああ」

「おい、ダテナ。初めて聞いたぞ、その話」

ポーロさんは気色ばんだ。

「初めて言ったからな」

一方ダテナさんは平然としている。

「……いつだい、店をその……辞めさせられたっていうのは」

「昨日だ」

「昨日⁉　な、なんでそんな急に……」

ダテナさんは肩を竦《すく》めた。

「うちの新人が一生懸命作った料理に、的外れないちゃもんをつけてくる客がいてね。『それは違いますよ』って正直に教えて差し上げたら、顔を真っ赤にして、うちの店の主人を呼びつけた。どうやらその客は店主でも逆らえないほど偉い相手だったらしく、俺はその責任を取らされて一発で店をやめることになったってわけだ。で、俺はパルムからも出て行くことにしたよ」

ポーロさんが絶句する。

しかし何とか言葉を取り戻して、すぐに食い下がる。

「君の腕だったら、よその店でいくらでも通用する。何も、パルムから出ていくことはないじゃないか」

だが、ダテナさんは首を横に振った。

「嫌になったんだ」

ポーロさんがあんぐりと口を開けた。

「まさか……料理が、か？」

「いや」

「じゃあ何が嫌になったっていうんだ」

ふーっと息を吐いて、ダテナさんは言った。

「村からこっちに出てきたときは、恥ずかしい話だが『パルムで一旗あげてやる！』って気持ちしかなかったよ。自分の料理の腕が文化の中心地でどこまで通用するか知りたかったし、自信もあった。でも実際にここで働いてみて、よく分かったんだ。別に舌の肥えた金持ちたちから評価されたところで、何一つ嬉しくはないんだな、って」

ポーロさんは悲しげな顔をしながら、静かに聞いていた。

「俺が料理することを好きになったのは、俺が作るものを『美味い、美味い』って、純粋にいい顔で食ってくれた人たちが周りにいたからなんだよ。この子たちみたいにな」

ダテナさんは、ミケイオとマリニアに視線をやった。

突然話題にあげられた二人は、ルコッテのかすが周りについた口を、ぽかんと開けていた。

「この街のぶくぶく太った偉そうな奴らになんて、もう飾り付けの香草一本だって食わせてやりたくないね。まぁ、そういうわけだ。朝会った時に話そうと思ったんだが……うまいこと切り出せなかったからな。でも、何とか言えてよかった。辺鄙《へんぴ》な村の生まれ同士、あんたとはなにかと馬が合ったからな」

言いたいことを言い切って満足したのか、肩の荷がおりたように、ダテナさんの表情が柔らかくなった。

ポーロさんはためらいがちに口を開いた。

「いや……まぁ、そうだな。私だったら、高く買ってくれるならそれでいいじゃないかと思っちまうが……野菜を売るのと料理を振舞うのとでは、また違うということだな？」

「ああ。そうだな」

「そうか。分かった」

ポーロさんはがっくりと肩を落とした。

それから重ねて尋ねる。

「もうここを発つのか？」

ダテナさんは首肯《しゅこう》した。

「ああ。荷物はまとめ終わったし、ぐずぐずしてても仕方ないからな」

「だが、どこへ行くんだ？」

ダテナさんは、顎をさすった。

「さぁな……どこか料理ができて、食うに困らないくらいの場所を探そうと思うよ。この街以外でな。俺のいた村はとっくに離散しちまったし、両親ももう死んでるからな。故郷に戻ることもできないし、新天地を求めて、当分はうろうろするしかなさそうだ」

「そうか……」

ポーロさんはその相槌を最後に口を噤《つぐ》んだ。

それ以上は何も言うことが見つからないようだった。

ダテナさんが俺たちの方を見る。

「すまなかったな。いきなり関係のない話を聞かせて。しかしパルムで最後に作った料理が、君たちみたいな素敵な客人に食べてもらえてよかったよ」

「いえ……こちらこそありがとうございました。本当に美味しかったです」

「ああ」

ダテナさんは微笑むと、荷物を片方の肩にかけ、立ち上がった。

「じゃあ、そういうことだから。世話になったな、ポーロ」

「おお。その……頑張るんだぞ」

「お互いにな」

二人は握手して、肩を寄せ合った。

そしてダテナさんは客室を出ていった。

「まさか、ダテナが……」

ダテナさんが部屋から出ていくと、ポーロさんはどっと地面に崩れ落ちた。

「本当にいいやつなんですよ。心から、料理することを愛していてね。でもそういうところが、この街でやっていくには、向いてなかったのかもしれないなぁ」

ポーロさんは目頭を抑えた。

ふっくらとした肩が、小刻みに震えていた。

そんなポーロさんの様子を見て、俺はいてもたってもいられなくなった。

「すみません、ちょっと行ってきます」

「……え？」

ポーロさんはくしゃくしゃの顔をあげて、涙にぬれた目でこちらを見た。

俺はその顔を一瞬見た後、客室を飛び出した。

あんなに素晴らしい腕の持ち主が、行く当てもなくさまよわないといけなくなるなんて、そんな悲しいことあっていいはずがない。

この街があんなくだらない理由で、素晴らしい料理人に「いらない」と言うのなら、代わりに俺が「あなたが必要なんです」とはっきり伝えるまでだ。


パルムから教会へと向かう馬車の中で、俺は緊張していた。

パルムに向かう時とは違う乗客が今俺の隣には座っていた。

ダテナさんである。

彼が商館を出た後、俺はそれを追いかけて「イスムにある教会で、一度でもいいから料理を振舞ってもらいたい」とお願いしたのだ。

ダテナさんは、特に嫌がる様子もなく、ついてきてくれることを約束してくれた。

その時に俺がパルムから追放された神官であることを伝えると、「じゃあ俺たちははぐれもの同士ってわけだな」と軽い口調で言ってくれた。

ダテナさんの様子を横から窺うと、彼は外の景色を見ながら、考え事をしているようだった。

勢いでお願いしたけれど、本当に良かったのだろうか……？

少し不安な気持ちを抱えながら、馬車は教会に到着した。

「お帰りなさい、アルフ様」

「お帰りなさい」

畑で作業をしていた人たちが馬車の周りにやってくる。

「ただいま帰りました」

「「ただいまー！」」

レンナがロゲルおばあさんや女性たちに迎え入れられた。

ミケイオとマリニアは子供たちの中に混ざっていく。

そして最後に降りたダテナさんを、俺は皆に紹介した。

「この方は、パルムで料理人をされていたダテナさんです」

「おお、パルムの……」

「よろしくお願いします」

ダテナさんに恐る恐る挨拶する皆。

「ダテナです。はじめまして」

ダテナさんも、みんなに向かって挨拶を返した。

それから俺は畑での作業の進捗を誰にともなく尋ねた。

「順調です。あと少しで終わると思いますよ」

その質問に、ダーヤ青年が快活な笑顔で答えてくれた。

「良かったです。じゃあ引き続き、よろしくお願いします。畑仕事が終わったら、少し早いかもしれませんが、みんなで夕ご飯を食べましょうか」

「はい」

みんながやる気に満ちた表情で、畑の作業に戻っていった。

俺はダテナさんを教会の中に案内して食材を見てもらう。

保管庫から野菜や果物を取り出すと、テーブルの上に現れた食材にダテナさんは目を丸くした。

「魔法、か？」

「いえ、これはスキルです。この教会の女神様が、こういう便利なスキルを気前よく授けてくださるんですよ」

俺は女神像を示して言った。

——えへへへへ……

女神像から照れ笑いが聞こえる。

「へぇ、そうなのか……」

ダテナさんが、不思議そうに瞬きした。

「どうでしょうか。ここにあるものだけで、なんとかなりそうですか……？」

俺は話を戻して、テーブルの上の食材たちを指さした。

ダテナさんはそれらを見て頬を緩める。

「あぁ、十分だ。むしろどうやって使おうか、悩ましいぐらいさ」

ダテナさんの返答を聞いて、俺はほっとした。

「あっ、そうだ。火と水は……」

俺はテーブルの上に聖火と聖水を用意する。

聖火は平らな皿の上に、聖水は、深い皿に三つに分けて用意した。

「こんな感じで大丈夫でしょうか……？」

ダテナさんはまた目を丸くして、それから含み笑いをした。

「まったく。神官さまは万能だな……」

そして、俺が出した火や水を示しながら言う。

「うん、火は調理用の魔道具があるからひとまず大丈夫だ。水の方は、人が飲めるものかい？　もしそうなら、もう何皿かもらいたいな」

「ええ、綺麗で無害な水です。分かりました、では……」

俺は水をもう何皿分か出して並べる。

そして持ち合わせている食器を全てテーブルの上に出した。

俺が準備を終えると、ダテナさんが大きく頷いた。

「じゃあ、早速、調理に取りかからせてもらうよ」

「お願いします」

俺は軽く頭を下げて、教会から出た。

それから教会両脇の家のベッドの一つ一つに毛布を置いて回る。

部屋の隅には、レンナに提案されて買った掃除用具も置いた。

「これでよし！」

満足して家を出ると、畑にいる人たちに交ざって残り区画の種まきをした。

「お疲れ様でした！」

種をまき終わると、労いと泥落としのための風呂を用意する。

風呂からあがった人たちには、パルムで買った衣服と靴を渡した。

「本当にいただいていいんですか？」

「みんなの野菜で得たお金で買ったんです」

喜びよりも遠慮が勝ってしまう人たちには、そう言って受け取る権利があることを強調した。

その言葉を伝えると、自分たちの労働の対価であるというイメージが湧いたのだろうか、多くの人が渡した衣服をじっと見つめたり、胸でぎゅっと抱きしめたりしていた。

「ありがとうございます、大切に使わせていただきます」

曇りない瞳をしたみんなからの言葉は、俺の胸にまっすぐ届いた。

そしてお風呂でさっぱりした後は、お待ちかねの夕食だ。

これが、パルムの第一線で腕を振るった料理人の本気……！

貴族御用達《ごようたし》の高級料理店に迷い込んだかのような錯覚を覚えるほど、並んだ料理には華《はな》があった。

これまで俺が用意していたパン、スープ、生野菜の食事がいかに侘しいものだったのかを思い知らされる。

美味しそうや早く食べたいといった感情の前に、誰もが「なんだこれは……」と圧倒されている。

ダテナさんは、そんな俺たちを椅子に座るように促す。

「さあさあ、冷めないうちに食べてくれよ」

ダテナさんの言葉に、唖然としていた俺は我に返った。

「そ、そうですね。じゃあ皆さん、座ってください」

全員が席につくと、いつもと同じように女神に祈りを捧げる。

それからみんなでダテナさんに感謝の言葉を伝えて、その日の食事が始まった。

「「「いただきます」」」

教会の中は、これまでの朝餐会や晩餐会の時とは違う高揚感に包まれていた。


華やかで美味しい料理の数々を前に、食事中の教会は、なにかの祝祭が行われているかのような熱気に満ちていた。

口にしたことのない料理を心ゆくまで味わったみんなは、ほかほかした気持ちで食事を終えた。

それから、しばらくテーブルについたまま自由に話して、そのまま各々が寝床へと帰っていく。

帰り際、誰もがダテナさんに握手を求めた。

自分たちがどれだけあの食事に驚き、喜びを感じたかを力説していた。

ダテナさんは照れくさそうに、彼らからの言葉を受け取っていた。

感謝の言葉を述べる人たちが、ようやく帰っていき、ダテナさんの前の人だかりがなくなったあたりで、俺もダテナさんに感謝を述べた。

「ありがとうございました。とても美味しかったですし、みんなもすごく喜んでいて……ダテナさんに来てもらえて、本当に良かったです」

ダテナさんは首を横に振った。

「礼を言うのは俺の方だ。ありがとう、誘ってくれて。ここに来ることができたのは、俺にとってもいい経験だった」

「良かったです」

自然と笑みがこぼれた。

泊り組の人たちが教会の家に戻った後、俺はダテナさんに尋ねた。

「お風呂入られますか？」

「風呂？」

「ええ。みんな畑で作業してもらった後は汚れるので、外に用意した露天風呂か、屋外が気になる人はあちらの部屋のお風呂に入ってもらうんです」

俺は教会右奥にある清めの間を指さした。

「ダテナさんがこの長テーブルで調理していたとき、あの部屋の前に並んでた人たちがいたかと思うんですけど」

「……覚えてないな。料理のときはばたばたしてたから、あまり周りが見えてなかったかもしれん」

それもそうか……

俺は納得した。

「どうしますか？　俺も今から入ろうかなと思っていたところで……よければ一緒に入りませんか？」

ダテナさんは少し考えてから頷いた。

「ああ、そうだな。じゃあ、入らせてもらおうかな」

ダテナさんの特に屋外でも気にならないという言葉を聞いて、俺たちは露天風呂に向かった。

雲一つない空には満天の星が広がっていた。

「俺はパルムで何をしてたんだろうな」

温かい湯に浸かりながら、ダテナさんがぽつりと漏らした。

「嫌だ嫌だと思いながら、いつの間にか依存していた気がする。あそこで生活しているうちに、まるでパルムの外には何もないような気持ちになっていた。全てが揃っているから……ここから追い出されたら、文化的な生活はできなくなるんじゃないかって」

「ちょっと分かる気がします」

俺もパルムを追い出されて間もない頃は、憂鬱だった。

でもリアヌンとイスム地区の人たちに出会えた今は、パルムを追い出されてよかった！　という気持ちしかない。

ダテナさんは、湯で顔を洗った。

「当たり前だけど、パルムの外でも生きていけるんだよな。もっと早くに出ればよかった」

「まだ遅くないんじゃないですかね。僕も、ダテナさんも」

ダテナさんは笑って頷いた。

「そうだな」

頬に当たる風が気持ちいい。

今日も濃い一日だったとあったことを思い返した。

道具屋で買い物をして、商館でダテナさんと出会い、畑で少しだけ働いて、彼の手料理を食べる。

充実していたなぁと思う。

この教会に来てからの日々は、今までの人生が何だったのかと思うくらい、目まぐるしく変化がある。

もしパルム内にある教会を任されていたら、これほど新鮮で刺激のある生活を送ることはなかっただろう。

リアヌンやイスムの人たちとも出会えてなかったかもと考えると、追い出されて良かったという気持ちが腹の底から湧いてくる。

「アルフ」

ダテナさんに呼ばれた俺は彼に目を向ける。

「君が言ってくれたように、しばらく俺も、この教会にいさせてもらってもいいかな。料理ぐらいしか、力になれることはないんだけどさ」

俺は首を振った。

「料理ぐらいだなんてとんでもない。これからもダテナさんに料理を作ってもらえるって聞いたら、みんな飛び上がって喜びますよ」

「ははっ。そいつはありがたいな」

俺たちはそのまま談笑して露店風呂を出た。

教会へと戻ると、ダテナさんに多めに買った毛布の一つを渡す。

教会脇のベッドは既に埋まってしまっているので、ダテナさんにも教会で寝てもらうことになった。

「いつもはどこで寝ているんだ？」

ダテナさんが俺に質問してくる。

「適当ですよ。床とか椅子の上とか」

俺は床や食事をとるときに使う長ベンチの上を指さす。

毛布さえあれば、寝心地はそう悪くない。

「他の人にはベッドを用意してるっていうのに……アルフは文字通りの聖人だな」

ダテナさんが少し呆れたように言った。

俺は苦笑いして、その言葉を否定する。

「いや、そういうんじゃないですよ……寝る場所にこだわりがないだけです。毛布一枚あれば十分っていうか……」

「ははっ。まぁそういうことにしとくよ。じゃあ、俺はベンチの上で眠らせてもらおうかな」

ダテナさんはそう言って、毛布にくるまって横になった。

俺は女神像の近くの床で丸くなる。

今日もありがとう、リアヌン。

ここの女神様は人の心に無断で入ってこないので、言葉に出さなければ、気持ちが伝わることはない。

ただ、祈りには含まれたかもしれない。

昨日の夜に話をしたとき、リアヌンは最近また神力がどっさり貯まっていることを喜んでくれていた。

これからもお世話になると思うし、こちらもリアヌンに色んな形で恩を返していきたいなと思った。

第七話　神獣がやってきた!

それからどれくらいの時間が経っただろうか。

俺は教会の外に気配を感じて、ぱっと目を覚ます。

長椅子の上で丸まっているダテナさんからは、うっすらと寝息が聞こえる。

起こさないように教会を出た。

そこで、俺は畑の隅に魔物よけとして横倒しにしていた黒角ブゥアのところに影があるのを目にした。

一昨日《おととい》の夜に黒角ブゥアに畑を荒らされかけた改善策として、ガラムルと魔獣除けの効果を持つ作物を畑の周りにまいた。

それから、仕留めた三匹の黒角ブゥアのうち一匹を畑の隅に倒しておいた。

だからそんな簡単に襲撃されるとは思わなかったが……

効果なかったのかな。

そう考えながら、俺は気配を感じた方へ向かう。

先ほどぼんやりと見えていた影の正体が次第にくっきりしてきた。

月明りの中、風に揺れている緑がかった灰色の毛。

一頭の狼が黒角ブゥアの腹に前足を乗せ、こちらの様子を窺っていた。

ん……？

その狼は畑を荒らしている様子はないし、こちらを襲ってくる気配もない。

無理して戦う必要はない……か？

畑が無事なら追い払う必要はないし、人間を襲わない魔獣ならたとえ逃がしたとしても教会のみんなに危険が及ぶことはないだろう。

狼はなおも動かずにこちらを見据えていた。

俺は吸い寄せられるように、その瞳を見つめ返す。

「……お腹が空いているのか？」

考えるより先に言葉が口をついて出た。

敵視する必要はないと感じた途端、なぜか狼の身の上が気になった。

「それ、どうぞ。持っていってもらって大丈夫ですよ」

こちらに戦う意志がないことを、柔らかい声と身振りを意識しながら伝えた。

——言葉が通じるのか？

「え」

狼の口から漏れたのは低く唸るような声だったが、その意味が瞬時に理解できた。

俺はそこではっと気が付いて、スキルの合言葉を唱えた。

『鑑定する』

狼を鑑定して分かったのは、彼が聖属性を持つ神獣であるということだった。

「え、ええ。あなたの言っていることが……」

――驚いた。言葉が通じる人間がいるとは。

狼が唸ると、頭の中で意味が響く。

この感じ、どこかで。

少し考えてから、俺は一つの答えに思い至った。

ああ、そうだ。リアヌンと喋るときと似ているんだ。ということは……預言者スキルの力……？

すっかり女神と喋るためのスキルになっていた俺の『預言者』は、どうやら神だけでなく神獣とも会話ができるようだった。

――この獣はあなたが捕らえたものか？

狼が問いかける。

「そうです。畑を荒らされるわけにはいかなかったし、ここを縄張りにされると困ると思ったので」

灰色の狼は、首を左右に振って周りを見た。

今日種を植えた畑には、早くも緑が茂り始めている。

実がついているものもいくつかあった。

――本当にもらってもいいのか？
「ええ。構いません」
そう答えると、狼が真っ直ぐにこちらを見る。
鮮やかな緑の瞳が光った。
畑に吹く風と自分の心臓の音が聞こえる。
それから狼は月に向かって吠えた。
低くて力のある声は、澄んだ空気によく響いた。
すると、狼の後ろから別の足音が聞こえてくる。
暗闇から、同じ毛色をした狼たちが四頭現れた。
今会話している個体よりやや小さめな狼たちだった。
彼らは黒角ブゥアの体に噛みつき、持ち上げた。
そして少し離れたところまで持っていくと、そこに獲物を下ろして食事を始めた。
先ほどまで話していた灰色の狼がこちらを見る。
――私の名前は、イテカ・ラ。あなたの名前を聞かせてほしい。
「アルフ、です」
――アルフ。素晴らしい獲物を分け与えてくれてありがとう。
「いえ、とんでもないです」

狩りの腕を認められたみたいで、ちょっと照れくさい。

暗闇ではっきりとは見えないが、狼たちは勢いよく黒角ブゥアを食している。

よほどお腹が減っていたのかもしれない。

──貰ってばかりでは申し訳ない。何か我々にお返しできることはあるだろうか。

「お返し、ですか」

俺は目を丸くして、目の前の狼を見た。

美しき神獣は、澄んだ緑の瞳でこちらを見返した。

──ああ。

俺は少し考えた。

特にお返ししてほしいようなことは……あっ、そうだ。

「お返しとは違うかもしれませんが……一つ聞かせてください。あの、ああいった魔物はこの周りにもよく現れるのでしょうか」

俺は黒角ブゥアを指さして言った。

俺はあまりイスム地区に詳しいわけではないが、魔物が現れる場所ではないと思っていた。

しかし現実に、畑を荒らす魔物が現われた。

この近くに、そういったものが多く生息しているということなのだろうか。

普段狩りをしているであろう彼らなら、そのことにより詳しいのではないかと思った。

神獣は口を開いた。

――森にいたものたちが、こちらまで流れてきている。人間が捨てたものに味をしめたのだろう。

イテカ・ラの言葉に俺は頭を抱えたくなった。

そういうことか……

夜とはいえ、本来警戒心が強いはずの黒角ブゥアがどうして森を出てこんな人のいる場所まで来ているのかと思ったら……狙いはゴミの山だったらしい。

だとしたら、イテカ・ラたちへのお願いはこれしかないだろう。

「イテカ・ラ。良かったら、これからもこの周辺の魔獣を狩っていただけないでしょうか」

神獣は不思議そうに、俺に言葉の続きを促した。

俺は教会に目をやって言った。

「ここには今、子供も女性も住んでいます。夜は出歩かないよう気を付けますが、もし日中であっても、人間に危害を加える魔獣と出くわすようなことがあれば、襲われてしまうかもしれません。ですから、その対策として魔物の駆除をお願いしたいのです」

――そんなことでいいのか？

「ええ。それをあなた方のお返しとして俺からお願いさせてください」

俺の真意をたしかめるように、神獣は俺の目をじっと見た。

風が彼の柔らかい毛をさあっと撫でる。

——分かった。そんなことで良いのであれば、喜んでやらせてもらう。ではこの周辺の魔獣は、重点的に狩らせてもらう。こちらとしても、獲物にありつけるのはありがたい。

「よろしくお願いします」

俺はイテカ・ラにお辞儀をした。

それと同時に、一匹の狼が彼のもとに近づく。

狼たちの中でも特に小さい者だった。

——もう食べないのか。

イテカ・ラの言葉はぶっきらぼうだった。

しかしその響きには、仲間を思いやる彼の気持ちが感じられた。

小さい狼は何も言わず、イテカ・ラの足に触れるようにしてうずくまる。

——具合が悪いのが治らないのか。

イテカ・ラは慰《なぐさ》めるように、自分の頬をその小さな狼にあてた。

俺はその光景を見て、妙な引っかかりを覚えた。

すかさずスキル発動の合言葉を唱えた。

『鑑定する』

すると小さな狼の全身に、黒くまとわりついている靄《もや》のようなものが見えた。

「呪いだ……」

イテカ・ラが顔をあげた。

――呪い？

俺は頷いてしゃがみ込んだ。

「ええ」

「すみません、ちょっといいですか」

――ああ。

俺が小さな狼をよく見られるよう、イテカ・ラは場所を譲ってくれた。

小さな狼はこちらに顔をあげることもなく、淀《よど》んだ瞳であらぬ方を見ていた。

『保管庫から取り出す』

スキルを発動して木桶を取り出した。

生活に役立つだろうと思い、道具屋で買ったアイテムの一つだ。

『ここに聖なる泉を』

聖水が桶の底から滾々《こんこん》と湧く。

保管庫のスキルで聖なる器を取りだして、木桶の水を汲んだ。

「ちょっとごめんね」

そう言ってから器の水をかけると、狼がびくりと震えた。

「そうだ！」

そのまま俺は聖水の湧く木桶に意識を傾けた。

『聖火を灯す』

桶の中に、小さな火が宿った。

その桶の中に、俺は右手を浸す。

「もう少し温かい方がいいかな？」

俺は神力を消費して、聖火をひとまわり大きくする。

いつの間にか他の狼たちが周りに集まっていた。

物珍しそうな表情を浮かべる彼らに囲まれながら、俺は湧き出す聖水を温めるのにちょうどよい聖火の大きさを探った。

「よし！」

桶の聖水を聖なる器で汲んでから、小さな狼にかける。

最初は一度目のようにびくりと震えたが、すぐに体の力を抜いたことが分かった。

俺はそのまま人肌の温度となった聖水を狼の全身にかけた。

最後に鑑定スキルを使って確認したら、呪いは消滅していた。

教会の窓から差し込む朝日で、俺は目を覚ました。

起き上がると、長いベンチの上にはたたまれた毛布だけが残されていた。

「ダテナさん、もう起きたのかな？」

教会から出ると、外は雲一つない快晴。

教会と家の間を通って裏へと回ると、畑の前にダテナさんは立っていた。

まるで海を前にした漁師のような堂々とした仁王立ちだ。

「おはようございます」

「ああ、おはよう。アルフ」

ダテナさんが振り返って言った。

「これがスキルの力なんだな。まさか本当に一晩でここまでできるとは……」

「ええ。リアヌ神には感謝しかありません」

俺は笑って返す。

それから教会に戻って、俺はダテナさんと朝食の相談をした。

保管庫の中に蓄えている野菜とスキルで出せるパンとスープを見せた。

「いやいやいや……」

スキルによって何もない場所から出現したパンとスープを見たダテナさんは、驚き呆れたような声を漏らした。

しかしすぐに料理人の目つきになって、俺に確認する。

「味見していいか？」

「お願いします」

俺が答えると、彼は真剣な表情でパンとスープを口にした。

それからふっと頬を緩めた。

「これがいつでも用意できるのであれば、俺も相当頑張らないとな。ここにいる意味がなくなっちまうよ」

若干困ったような表情をするダテナさん。

「そんなことないですよ！　ダテナさんの料理には敵いません」

「ありがとな。それで、パンとスープは人数分出せるのか？」

「はい」

「分かった。じゃあ、そっちはよろしく頼むよ」

調理を始めたダテナさんを教会に残して、起きてきた泊り組と、しばらくして合流した帰宅組と一緒に野菜の収穫を始めた。

しばらくすると教会からダテナさんが出てきた。

「食事の用意ができたんだが……まだかかりそうだな」

畑を見ながら俺にそう伝える。

俺は土のついた手を払って応えた。

「そうですね。先にご飯にしましょうか」

「いいのか？」

「みんなに聞いてみましょう」

俺は畑で作業中のみんなに、朝食ができたことを伝えた。

みんなとの相談の末、先に食事をとろうという話にまとまる。

「わーい！」

教会に入ると、先に席についていた子供たちの歓声が聞こえた。

長いテーブルに並べられていたのは、サンドイッチだった。

色とりどりの野菜が、食べやすいように丁寧にカットされてパンにずっしりと挟まれている。

その隣にはスープ。こちらにも調理された野菜がごろごろと入っていた。

『すごい……魔法みたいだ……！』

料理が得意ではない俺にとって、魔法よりも魔法のように感じられる品々だった。

俺の魔法だけでは、ここまで繊細な調理はできないだろう。

食事の前に、みんなでリアヌンに祈りを捧げる。

それからみんなでダテナさんに「いただきます」を伝えた。

栄養も味も最高な豪華な朝食。

教会はあっという間に、大人たちが会話する声と子供たちの笑い声とでいっぱいになった。

瞬く間にサンドイッチは完売。

俺たちは一息ついたあと、収穫を再開した。

「アルフ様！」

しばらく収穫を続けていると、俺を呼ぶ声が聞こえた。

みんなが指をさしている方向を見ると、奥から走って来るものが視界に入った。

俺は畑を出て、やってきた集団に駆け寄った。

「イテカ・ラ！」

青空の下を、灰色の毛を揺らして駆けてきたのは、昨晩俺が出会った神獣のイテカ・ラたちだった。

夜よりもさらにはっきりと見えたその毛並みは、やはり美しかった。

──遅くなってすまない、アルフ。

俺の前まで来ると、イテカ・ラはそう言った。

俺は首を横に振る。

「いえ、来てくれてありがとうございます。でも大丈夫ですか？　昨日もあの後夜遅くまで狩りをされていたのでは……？」

──いや、昨日はいつもより早く切り上げられた。アルフからご馳走を分けてもらったからな。

イテカ・ラは澄んだ瞳でそう伝えてくれた。

──改めて礼を言わせてもらおう、アルフ。素晴らしい獲物を分け与えてくれてありがとう。それから……

イテカ・ラはそこまで言ってから一匹の狼に前に出るように促す。
それに応じるように、群れの中で最も小さい狼が前に出た。
昨晩俺が呪いを解いた子供の狼だった。
最初に感じた重苦しい雰囲気は微塵もなく、表情からは無邪気な性格が窺えた。
「良かった。もうすっかりいいみたいですね」
俺が手を伸ばすと、その子は自然に頬をすりつけてきた。
か、可愛い……！
あまりの愛くるしさに、胸がぎゅうと締め付けられる。
この神獣の可愛さはダメだ！　破壊力が半端ない。
「あの狼大きいねー！」
振り返ると、みんなが遠巻きにこちらを見ていた。
大きいね、と言ったのは金髪の少年のジャック。
その彼の口を、不用意な発言だと感じたレンナが慌てておさえていた。
まるで自分がした発言で注目を集めてしまったかのように、彼女は頬を赤らめていた。
「こっちに来て大丈夫だよ！」
俺がみんなに笑いかけると、最初に子供たちがぱぁっと顔を明るくして走ってきた。
その後に続いて、大人たちもこちらにやってきた。

イテカ・ラたちが意思疎通を図れる聖なる獣であることを伝えると、あちこちから感嘆の声が上がった。

自分の胸に手をあてたり、目をつぶって何か呟いたりする人もいた。

女神への接し方と同様に、何か祈りを捧げているのかもしれない。

子供たちの反応はより活発だった。

身を乗り出したり、つま先をぴょこぴょこさせたりしながら、イテカ・ラたちを近くで見ようと集まっている。

興奮気味に鼻息を荒くしている子もいた。

彼らは神獣という存在に興味があるというより、ただ目の前の迫力ある獣たちに心を奪われているらしかった。

本当はこの後イテカ・ラたちに森を案内してもらおうと昨晩話していたのだが、俺はまだ畑の作業が途中だ。

俺は、イテカ・ラに少しだけここで待っていてもらえないかと伝える。

――ああ、構わない。

イテカ・ラは二つ返事で了承してくれた。

「ありがとうございます」

俺はイテカ・ラに礼を言うと、急いで畑に戻った。

他の大人たちにも手伝ってもらって、収穫を終わらせる。
それから土魔法を使って、畑の残された根を一気に掘り返した。
最後はみんなに種を預けて、畑のことをお願いしますと伝えた。
俺は再びイテカ・ラのもとに戻った。
「お待たせしました！」
――ああ。
少し見なかったうちに、五頭の狼はすっかり子供たちの人気者になっていた。
子どもたちは狼の毛を優しく撫でたり、一緒に地面に寝そべったりしている。
俺が声をかけると、神獣たちは腰をあげた。
「すみません、子どもたちが……」
――いや、大丈夫だ。可愛い子らだな。
イテカ・ラは目を細めて言い、彼の体を撫でていたマリニアの腕に鼻を押し当てた。
マリニアはくすぐったそうに笑ってから、俺の方にも満面の笑みを見せてくれた。
――行こうか。
「ええ、お願いします」
神獣はとことこと歩き、子供たちの輪を外れた。
俺はその後ろをついていく。

――乗るといい。

イテカ・ラが立ち止まっていった。

「え？」

――私の背中に。

言われるがままに俺はイテカ・ラに跨《また》がる。

あぁ、この乗り心地はすごい。

イテカ・ラの背中は、見た目以上に分厚く、どっしりとしていた。

足が地面から離れ、心臓がうるさいくらいにどきどきする。

わくわくする気持ちが抑えられなかった。

「いってきます！」

子供たちの歓声、大人たちの振る手に見送られ、教会を出発する。

動き出したイテカ・ラの背から振り落とされぬよう気持ちを集中する。

目指すは彼らの住む森だ。

もとはと言えば、イテカ・ラから呪いを解いてもらったお返しに何かさせてほしいという話を受けて、俺が森に行きたいと頼んだのが発端だった。

イスム地区の外側に広がる深い森は、魔物たちの領域。戦う術《すべ》のないものが近づけば、命の危険

は免れない。

俺だって魔法が扱えるとはいえ、ひとりであれば積極的にそこへ立ち入ろうということは考えなかった。

そもそも、森に立ち入るのは賢明な判断ではないという話は、神学校でも嫌というほど聞かされてきた。この世界の常識だ。

だが、神獣が一緒についてきてくれるならその限りではない。

彼らにとって、森は棲処《すみか》であり、狩場。

力を借りられるなら、探索できるだろうと考えたのだ。

イテカ・ラの背に乗っていると、あっという間に森が見えてきた。

彼は速度を落とし、その入口で立ち止まる。

「ありがとうございます」

俺は彼の背中から降りてから礼を言った。

——ああ。

それから真っ先に木に近づいて合言葉を唱えた。

『鑑定する』

白く細いその木は魔法樹の一種だと分かった。

しかし保持している魔力は小さく、弱弱しい。

——どうだろう？

俺は首を横に振った。

「これでは難しいですね……」

森に来たいとお願いしたのは、木の確保が理由だった。材料の木がないため、両脇の家を建ててからというもの、何も作れていなかったのだ。

これを機に木材を獲得できれば、より教会での暮らしを快適にできるかもしれない。

——分かった。中に入ろう。

「ええ。お願いします」

またイテカ・ラの背に乗せてもらう。

彼は地面を蹴ると、森の中へと分け入っていった。

奥へ進んでいくにつれ、その場に満ちる魔力の気配が、濃く、重くなっていくのが分かる。

それと比例するように、立ち並ぶ木々はより太く、生命力の強そうなものへと変わっていった。

俺にとっては望ましいことである反面、少し恐怖を覚えていた。

いつ、どこから魔獣が飛び出てきてもおかしくはないという状況。自己の防衛本能がこれ以上ないほど強く呼び覚まされている感覚だった。

俺が心臓をバクバクさせていると、イテカ・ラが再び立ち止まった。

——アルフ、このあたりはどうだろう。

背中から降りて、俺は周りの木々を見回した。
鑑定すると、豊富な魔力を糧に強くしなやかに成長した木々であることが分かった。
太さも丈夫さもこれなら申し分ない。
「ありがとうございます、これなら……」
俺が背後の神獣たちを振り返って応えようとすると――
――待ってくれ、アルフ。
イテカ・ラが低く唸った。
彼が率いる神獣たちにも緊張感が漂っていた。
――来るぞ。
イテカ・ラの言う通り、彼が吠えた方向から巨大なトロルが姿を現わす。
木々に負けぬほどの巨体で、恐ろしいほどの威圧感があった。
卑しい表情を浮かべたその魔物と、俺の視線がかち合った。
牙のおさまりきらぬ口が、ぐにゃりと曲がる。
その瞬間、俺は直感した。
ああ、そうか……このトロルは俺のことを標的にしているんだ。
全身があぶく立った。
この森の中では人間は狩る側ではなく、狩られる側なのだ。

――アルフ、下がっていてくれ。

はっと見ると、イテカ・ラをはじめとした神獣たちが毛を逆立てて、トロルのことを睨みつけていた。

俺はこくりと頷き、すぐに彼の言葉に従った。

イテカ・ラが吠えたのが合図となって、神獣たちは臆《おく》することなくその魔物に飛びかかった。

先陣を切ったイテカ・ラが、トロルの足に噛みつく。

それまで気味の悪いニタニタ笑いを浮かべていたトロルの表情が一変した。

野太い悲鳴をあげ、噛みついてきた狼を振り飛ばそうとする。

イテカ・ラは俊敏《しゅんびん》に動き、振り落とされる前にトロルの体から離れた。

そしてトロルが落ち着く間もなく、二頭目、三頭目の神獣が彼に襲いかかった。

正面からも背後からも次々に激しく噛みつかれ、トロルは完全に冷静さを失った。

むやみやたらと体を振り回すが、一糸乱れぬ動きを見せる神獣たちに、トロルの攻撃が当たることはない。

しばらくすると、トロルが明らかに劣勢だと分かった。

トロルにもそれが分かったらしく、感情は怒りから恐怖へと変わっていった。

そして背を向けて逃走を始める。

その光景を見たイテカ・ラが、他の神獣たちと目を合わせて、素早く吠える。

全員に意図は伝わったらしく、狼たちは逃げるトロルの背を追いかけ、木々の中へ消えていった。

最も小さな狼――昨晩、呪いにかかっていた子を除いて。

「えっと……行かなくていいの？」

イテカ・ラが向かった方を指さして確認すると、その神獣はちょこんと俺の前に座り、バフッと一吠えした。

イテカ・ラと違い、言葉は聞こえてこなかったが、その表情や態度から、なんとなく彼の言いたいことが伝わってくる。

どうやら俺を守るために残ってくれたらしい。

手を伸ばすと、彼は喜々として頭をこすりつけてきた。

ああー、癒されるぅぅ……

襲ってきた巨体や危険極まりない森の中であるということさえ一瞬で忘れそうになった。

ああ、だめだ、だめだ。

愛くるしい狼の毛の柔らかさは堪能《たんのう》しつつ、周囲への警戒は怠《おこた》らないよう、何とか我を取り戻す。

俺は他の神獣たちが戻ってくるまでの時間を有効活用して、自分の目的を果たすことにした。

立ち上がり、自分を取り囲む、丈夫そうな木々を見回す。

風魔法を使い、次々に周りの木を切り倒していく。

太い幹ではあったが、問題なく切断することができた。

倒れる前に、次々とスキルで保管庫へと収納していく。

時々、木の間から小さな魔物が這い出してきた時は、護衛役の狼がバフッ！　と吠えて知らせてくれた。

一番よく出てきたのは、毒々しいオレンジの皮膚を持つ、クロックラという蛇の魔物だった。

噛みつかれる前に、すかさず風魔法でその首を斬り落とす。

試しに狼にその蛇を差し出して、俺は尋ねる。

「食べる？」

小さな狼は蛇をくんくんと嗅いで、こちらをじっと見上げた。

どうやら、彼らの食べるものではないらしい。

俺は迷った挙句、それを保管庫に収めた。

鑑定スキルで確かめたところ、身には毒が含まれていなかった。

ダテナさんに、食べられる魔物かどうか持ち帰って聞いてみることにしよう。

——おお、これは……

戻ってきたイテカ・ラは、俺たちの周囲の光景に目を丸くした。

「あ、おかえりなさい」

もとの木々が大量に並んでいたエリアは、ちょっとした開けた土地になっていた。

「案内してくれてありがとうございました。必要な量の木はいただけたと思います」

——それは良かった。こちらも無事、あの魔物を狩ることができた。アルフ、あの魔物の肉が必要であれば、案内しよう。

俺は少し考えてから首を横に振った。

「いえ。俺は大丈夫です」

——そうか。ではありがたく、我々がいただこう。

「ぜひそうしてください」

そしてイテカ・ラに乗せてもらって、俺は森を出たのだった。

教会の近くまで来ると、畑で種をまいていた人たちが顔をあげて挨拶してくれた。

子供たちも嬉しそうに駆け寄ってくる。

「「「おかえりなさい！」」」

「ただいま帰りました」

俺はイテカ・ラの背から降りて、彼にお礼を言った。

「ありがとうございました、イテカ・ラ」

——こちらこそ。

緑の瞳はとても優しく、穏やかな表情を湛えていた。

子供たちと手を振って、彼らが森へ戻っていくのを見送る。

姿が見えなくなった後、彼らが消えた方角から綺麗な遠吠えが聞こえた。

辺りに響くその音を聞いていると、自然と胸が温かくなった。

みんなが進めてくれた畑の種まきの調子は順調で、もう少しで終わるようだった。

「よし。俺の方も、ちゃっちゃとやってしまおう」

俺は保管庫から、大量の木々を取り出すと、丈夫さを再度確認してから、それらの木々に魔法を使った。

集中して魔法を使っていると、神学校での日々がふと思い出された。

子供の頃から、俺は魔法を使うのが好きだった。

魔法のない世界に住んでいた記憶がはっきり残っていたから、その反動なのかもしれない。

魔力を向けた対象は、いつも思い描くとおりの反応を示してくれたし、物言わぬ火や土、水、風が、まるで自分の体の一部になったかのような感触が心地よかった。

「魔法を使う」以外の行為では決して得られないような歓びが、そこには確実にあった。

神学校に通い始めて、一人の信頼できる先生に出会った。

その先生は俺と出会ったあとすぐにパルムを去ったので、教えてもらえた期間は短かったが、事あるごとに思い出すのはその先生の教えだった。

中でも、その先生は俺によくこう言っていた。

「魔法でできることの限界は、扱う者の限界によって決まると言われている。どういうことか分かるかい、ギーベラート」

最初は言っている意味が分からなかった俺は、素直に首を横に振った。

「才能があればあるほど、『魔法でできないことは何もない』と思わされるということだ。だから忘れてはいけないよ。君の魔法がどれだけ多くのことを行えたとしても、それを扱う君は、ただ一人の人間なんだ。純粋に魔法が使えることが楽しいという今の気持ちだけでは、いつか君は自分の中にわく全能感に呑み込まれて、道を踏み外すだろう」

その話をする時は、普段は穏やかな先生の瞳が厳しさと憂いに満ちていて、やけに印象的だった。

「では、どうすればいいのですか？」

先生は答えた。

「『これは誰のために使おうとしている魔法なのだろう』と、何度も自分に問いかけなさい。君の才能は、すでにこれ以上磨く必要のないものだ。あとは一人の人間として、君自身を磨くことだけを考えなさい」

こうして魔法を使うたびに、俺はいつも恩師の教えを意識する。

魔獣の棲処に生えていた木だけあって、どの木も魔力の通りがよく、魔法での加工や組み立ては思うがままだった。

あっという間に、新たな家が目の前に出来上がる。

俺はその中に入って、今度はベッドを量産した。

ベッドの準備まで終わると、全く同じやり方でもう一軒の家を建てる。

「よし、できた」

俺がベッドを作り終えてその家から出ると、いつの間にか畑にいた人たちが家の前に集まっていた。

どうやら種まきは、俺が作業中に終わったようだ。

その場にいた全員が元々あった家と新たに作った二棟の建物を黙って見ている。

俺は声をかけた。

「今まで毎日畑まで通ってくださった方、本当にありがとうございました！　新しく住居を建てることができたので、希望な方はいつからでもここに住んでくださると嬉しいです」

すると、それまで教会まで通ってくれた男たちが顔を見合わせる。

土まみれになっている彼らから、自然と歓声が上がった。

満面の笑みで俺に握手を求め、興奮した様子で感謝の言葉を送ってくれた。

俺は、そんなイスムの人たちを見ながら考える。

この人たちと一緒にいるのならば、どんな魔法を使ったとしても俺がそれに溺れることはないと思うんです。

パルムを去った先生に、今の自分の姿を見てもらいたかった。

畑仕事を終えたみんなにはいつものごとく風呂を用意した。

風呂からあがった人たちには、順番に新しく建てた家の中を確認してもらった。

出来立てのベッドと、その上に買ってきた毛布ぐらいしか置いていない家だが、みんなが喜んでくれた。

木の壁に触れたり、頭上の屋根を指さしたりして幸せそうに笑っている。

彼らにとっては「頑丈な壁と屋根」というだけでも立派な住居なのだ。

ゴミ山のそばに並んでいた小屋を思い出して、俺は気持ちが奮い立った。

ここからだ。魔法やスキルの力を借りれば、できることはまだまだあるはず！

その日の夜の食事は、これまで以上に豪華だった。

ダテナさんが作った豪勢な料理を前にして、子どもも大人も喜ぶ。

女神像からも、嬉しそうな空気がひしひしと気配が感じられた。

喜んでるのかな、それとも……

食いしんぼうな女神様のことだ。

「食べてぇ……」とよだれを垂らしているのかもしれない。

次に話すとき、教会でみんなが食べている様子を見てどう思っているのか、彼女に聞いてみることにしよう。

それにしてもこの料理……もはや貴族でさえもこんな豪華なもの、滅多に食べてないいんじゃないかって思うレベルだな……

パルムではこぞって高値で取引される野菜たちが、当たり前のように、ふんだんに使われている。

サラダにスープに大活躍だ。

おまけに、ぷちぷちとした粒状の『ポクポク』という野菜がサラダの隣に盛られていて、これがちょうどお米のような役割を果たしてくれており、食事のバランスにも隙がない。

極めつけはダテナさんのこの味付け……！

サラダにかけられたソースの爽やかな酸味や、琥珀色《こはくいろ》の透き通ったスープのたまらない塩味。

「んん～」

美味しさで思わず声が漏れた。

やはりダテナさんの料理の腕は、俺の中で魔法と同じくらい衝撃的なものだった。

そして極めつけは黒角ブゥア。

畑を荒らしに来た無法者は、ダテナさんの手によって食卓の上で立派な角煮となっていた。

みんなの皿の上に、一塊ずつどすんと載っかっている。

実際に食べてみると、比喩《ひゆ》ではなく、自分の手が震えた。

う、美味すぎる……

森から帰ってからダテナさんに渡したのに、一体いつ煮込んだんだ？　と感じるほどに肉は柔らかくて、口の中でほろほろと崩れて消えていく。

あっという間に完食してしまった。

角煮の美味しさに浸っていると、お皿が隣から回ってくる。

「これは……？」

「ああ。あの蛇だよ。量が少なかったから、一人一かけら食べてもらおうと思ってな」

ダテナさんに聞くと、そんな説明が返ってきた。

見たことのない長細い皿。

これはダテナさんが用意してくださった食器なのだろう。

その上に載っているのは、うなぎの蒲焼《かばやき》を彷彿《ほうふつ》させる見た目の食べ物。

細かく切られたひとかけらを口に含んでみると、味もうなぎの蒲焼に近いものがあった。

森で木を切り倒していたとき、這い出てきたものを数匹狩って、なんとはなしに持ち帰ったのだが……まさかこれほどまでに美味しい料理に姿を変えるとは、全く思わなかった。

「……また森に行かせてもらおうかな」

これじゃあリアヌンのことを馬鹿にできないなという動機を抱えつつ、蛇を味わいながら、俺はそんなことを思ったのだった。


晩餐が終わった後、教会には幸せな空気が漂っていた。

あれだけの御馳走を食べたのだから、それもそのはずだ。

俺も体じゅうがぽかぽかして、ふわふわと浮いているような感覚だった。

食器を聖水で洗い、片付けたあと――

「どうしますか？」

俺は早速、いつもは帰宅組だった面々に尋ねた。

全員が二つ返事で教会の家に泊まると言ってくれた。

「ダテナさんはどうしますか？」

新しく建てた家にはベッドを十八台ずつ配置している。

もともとあった家にはそれぞれ十六台ずつだったが、そこにも二台ずつベッドを追加したので、四つの家にそれぞれ十八台ずつ、全部で七十二台になった。

全員が使っても、数台は余る計算になる。

ダテナさんが驚いたように応える。

「いいのか？　俺も使って」

「ええ、もちろんです」

「アルフはどうするんだ？」

「俺は……今のところ教会で眠ろうと考えています。一応、神官なので……」

女神像の近くにいた方が何かと都合が良いからなぁ……新しいスキルを得ることもできるし、リアヌンと話をすることもできるから。

ダテナさんは納得した表情になった。

「そうか、そうだったな。アルフの普段の様子を見ていると、神官だってことをつい忘れてしまう」

「え、そうですか？」

褒められているのか、貶《けな》されているのか、それともからかわれているだけなのかがよく分からず素っ頓狂な声を出してしまった。

「ああ。パルムの料理屋で会った神官といったら、とにかく態度がデカかったっていう記憶しかないよ。まぁ特権身分だから、それくらいが当たり前なんだろうが……」

「特権身分だろうと何だろうと人は人ですよ」

俺が言うと、ダテナさんは声をあげて笑った。

「ははは っ……アルフといるとこれからも楽しそうだな」

「はぁ」

よく分からないけど、貶されているわけではなさそうだ。

「ありがとう。それじゃあ教会の方は頼れるアルフ神官にお任せして、俺は遠慮なく家のベッドの方で寝させてもらうよ」

「ええ。ぜひ使ってください」

ダテナさんはそのまま教会を出ていった。

誰もいなくなった教会で、荷物から毛布を出して、自分の寝床を確保していると——

——もう寝るのー？

リアヌンから質問が飛んできた。

子供みたいな話しかけ方だなぁ……

俺はつい笑ってしまいそうになるのを堪えながら返事をした。

「まだ寝ないよ。リアヌンは？」

——私もまだ寝ないかなー。最近夜眠れなくてさー。

「そうなんだ。大丈夫？　何か悩み事でもあるの」

——ううん、昼寝し過ぎちゃって。

なんだそりゃ、せっかく心配したのに。

本当に人間と変わらない女神様だなぁ……

ふとそこでリアヌンに聞きたいことがあったのを思い出した。

「あっ、そうだ！　一つ聞きたかったんだけど……今って話す時間ある？」

——うん、平気！　なになに、私に聞きたいことって。

なんだか楽しそうなリアヌンの声を聞いて、尻尾を振っている子犬が目に浮かんだ。

「いや、俺たちが教会で料理を食べている時、リアヌンはどう思ってるのかなって気になってさ」

——本当に最高！　アルフ、これだけは言わせて。あの料理人さんをここに連れてきてくれて、本当にありがとう。

……ん？　それってつまり？

「えっと……リアヌンも食べてるの？　ダテナさんの料理」

——もちろん！

「あっ、そうなんだ」

それなら良かった。いつ食べ物の恨みを向けられるのかと、ひやひやしなくて済みそうだ。

——ふふふ……私はこの教会の女神様なんだよ？　教会で振舞われた料理なんて、こっちで複製し放題よ！

ああ、天界《そちら》ではそういうルールなんですね……

——これからも、あの料理人さんには私が想像もできないような料理をたくさん作ってもらうよう伝えておいてね。いい？　これは女神様直々の預言だからね！

俺は堪らず噴き出した。

なんというか……こういうのがリアヌンらしいよなぁ。

気になっていたことの回答を得られたところで、俺とリアヌンはそれから何でもない話をした。

こうして話をしていると、本当に相手が神様だということを忘れてしまいそうになる。

食事の時などにイスム地区の人と話していると同じように、とりとめのない話をして笑い合う時間は、心が休まる。

パルムではそういう時間をあまりもてなかったからな……と気が付いてへこみそうになるが、パルム出身者の学友たちとは残念ながらそりが合わなかったので、しょうがないよな。

そこで俺はもう一つ、リアヌンに相談したいことを思い出した。

教会で働いてくれているみんなの休息日についてだ。

いま教会に来てくれている人たちはとても一生懸命働いてくれている。

彼らがそれを喜びとしてくれているのは大変嬉しいのだけれど、これから一緒に生活していくにあたって、みんなが遠慮なく休める日を作りたいなぁというのが俺の希望だった。

──そうだねー。私も働きすぎは良くないと思います！　休むのも大事！

リアヌンが同じ考えだったことに、俺はホッとする。

「だよね。そのあたりをみんなにもうまく伝えられたらなぁと思うんだけど」

だが、リアヌンは俺の言葉を遮って、話を続けた。

──というか、アルフも全然休んでなくない？

「え？　いや、そんなことないと思うけど……」

こっちに来てからのびのびやらせてもらっているし、神学校で課題に追われていたときに比べれば、何のストレスもプレッシャーもないんだけど。

──ほら、それ！　アルフが休まないと、みんなも休めないよ！

「うーん」

そう言われたら、何も言い返せない。

そうか。俺は俺で自由にやらせてもらってたから特に休む必要を感じなかったが、それはみんなも同じだったのだろう。

特に仕事を強制されている意識がなかったから、休んでほしいと思っても、特にその必要性を感じなかったってことかな。

——とにかく休みは大事！　私がそう言ったってことをみんなに伝えて、その日はちゃんとアルフも休んでね。分かった？

「……分かった。リアヌンの言う通り、ちゃんと俺も休みをとるようにするよ。じゃなきゃ説得力ないもんな」

——ですです。頼んだよ、アルフ教会主。

「承りました、リアヌ神さま」

夜の教会に、俺とリアヌンの笑い声が響いた。

第八話　魔女の襲撃と教会の奇跡

「よぉし……できたねぇ」

汚れた大鍋の中は、赤黒く、粘り気の強い液体で満たされている。

それをかき混ぜていた女――ルーメイ・バークレイは、満面の笑みを浮かべた。

彼女はその血のような液体を、台の上の奇妙な形の小瓶に流し込む。

全ての小瓶に入れ終えると、鍋の中の液体はぴったり空になった。

「よしよし」

ルーメイは、満足気に微笑むと、それらの小瓶に蓋をして、ぼろぼろの肩掛けかばんの中に入れた。

それからローブを身に纏い、指にはめた黒い指輪に触れる。

彼女は小瓶の入ったかばんを肩にかけ、住処としているほら穴を出た。

穴の外には、鬱蒼とした森が広がっている。

日は沈み、美しい星空が森を照らす。

「ビビー！」

穴の前にいた兎の魔獣が、突然穴から出てきた彼女に驚いて叫び声をあげた。

「黙りな」

彼女が声のした方に手を振ると、中指にはめられた指輪が光った。

その瞬間、兎の魔獣を闇が包み込み――

ブシャッ。

何か柔らかいものを潰したような音が鳴った。

闇が薄れると、兎の魔獣がいた場所には血みどろの肉片だけが残されていた。

◇　◇　◇

俺――アルフは教会の扉を叩く音で目を覚ました。

ダテナさんの料理の話などでリアヌンと談笑した後、また明日とだけ言って眠ることにしてからまだそれほど時間は経っていない。

俺は体を起こした。

扉から聞こえる音は小さく規則的だったが、何か酷く嫌な予感がした。

「リアヌン」

そう呼びかけたが、女神像から返事はなかった。

もう寝たのかな……

どうやら今は、ここにはいないらしい。

俺は教会の外へ出た。

「ごきげんよう、神官さま」

扉を開けて外へ出ると、教会の前に一人の女性が立っていた。

俺は警戒心を保ったまま、そちらの方を見た。

ローブに身を包んだ目の前の女性からは、イスム地区に住む人々ともパルムの人々とも違う雰囲気が感じられた。

これまで会ったものの中で近いものを強いてあげるなら、野生の魔獣に近い。

まぁ、何かの魔物が化けているということはさすがにないと思うけど……

そう思いながら、俺は冷静に女性のことを見た。

女性は俺の顔をまじまじ見ると――

「あら、私の知っている神官さまじゃないわね……どなたかしら？」

そう尋ねてきた。

「えっと……少し前に、前任の者とかわったのですが」

俺は戸惑いながら答える。

それに対する女性の反応はやけに嬉しそうだ。

「まぁ！　じゃあああなた、新しい神官さまなのね？」

「ええ、そうですね」

「ずいぶんお若いのね」

女性が目を細め、じろじろとこちらを見た。

気味悪さを覚えた俺は淡々と応じる。

「それで……何のご用でしょう」

「ふふっ。クレック様はいらっしゃる？　彼にお会いしたいのだけれど」

「先ほど言った通り、私がここに配属されたので、前任の神官はもういません。パルムの街に戻りました」

女性の顔が、笑みを浮かべたまま固まった。

「あら、そうなの」

「ええ」

これで用件は終わりかと思いきや……女性はこちらのことを再び見た。

そして少し間を空けてから、俺に言った。

「ねぇ、ちょっとだけ私のお話を聞いてくださらない？」

女性の媚《こ》びるような喋り方が、俺の胸をざわつかせた。

「……なんでしょうか」

気乗りはしなかったが、ひとまず答える。

「立ち話もなんですし、歩きながら話しましょうよ。そんなにお時間はとらせないから」

「分かりました」

俺は渋々頷く。

教会にこの人を近づかせるよりは、外で話してもらう方がまだいいような気がした。

夜のイスム地区は静まり返っていて、魔物の気配も近くからはしない。

だからといって、無暗《むやみ》に出歩くのは賢明な判断とはいえない。

この女性は……いったい？　それに、俺に何の用があるのだろうか？

「クレック神官には何をお伝えすればよいのですか」

俺は早く話を終わらせようと思って、本題に入ろうとした。

「そう、焦らないでよ。せっかく足を運んできた客人に対して、そんな態度をとるのは失礼だと思わない？」

「それは……すみません」

女性は怪しげな笑みを浮かべて話を続けた。

「ふふっ。まだ私の名前も聞いていないでしょう」

「失礼しました。お名前を教えていただけますか」

「ルーメイ・バークレイですわ。近くの森の中に住んでおりますの」

ルーメイと名乗るその女性は、誇らしげにそう言った。

「一応、魔法を使うことができますわ……それで、あなたのお名前は？」

「……アルフ・ギーベラートといいます。あの教会を新しく任されたものです」

一瞬躊躇《ためら》ったが、俺は自分の名前を正直に答える。

「へぇ……」

ルーメイは蛇のような視線を俺に向けた。

「ずいぶんとお若いようだけれど、もとは別の教会で働かれていたのかしら」

「いいえ。初めての赴任先があちらの教会でした」

俺の言葉にルーメイは目を丸くした。

「あら、それは大変ね。あなたがよほど有望な神官だったから、お上の人たちも期待されたということかしら」

俺はルーメイの言葉の端に、俺に取り入ろうとしている意思を感じ取った。

ルーメイが、俺のことをじろじろと観察してから話題を変えた。

「ねぇ。そういえば、あの教会の横にある建物はどうしたのかしら。少し前まではなかったと思うのだけれど」

「あれはイスムに住んでいた方たちに使ってもらっている場所です」

俺は素っ気なく答えた。

「そうなの！　あれ、魔法で建てられているわよね。もしかして、あなたが？」

「ええ」

「まぁ！　あなた、素晴らしい魔法の腕の持ち主なのね。あんな見事な魔法建築、よほどの魔法使いでもそう簡単にはできないわ」

「ありがとうございます」

普段なら、褒められるとつい照れてしまうことの多い俺だが、魔女の言葉には何の感情の揺れもなかった。

むしろ気味悪さだけが募っていく。

この女性は何を企んでいるのだろう。

教会に住んでいるみんなのことを守ろうとする俺の心は、この怪しい女性を前にざらついていた。

だから極力余計なことは言わず、沈黙を保ち、ルーメイが本題を切り出すのを待つ。

ルーメイは、そんな俺の態度を一瞥すると、ぼろぼろのかばんの中から小瓶を取り出した。

「これを見てくださる」

ルーメイが、それを俺の手にのせた。

「なんでしょう、これは」

渡された小瓶を見て、俺は尋ねる。

「神官さまなら、お分かりになるんじゃない？」

余裕のある表情で笑うルーメイを横目に、俺は小瓶とその中に入った液体を見た。

小瓶の形は一般的に流通しているものとは少し違い風変わりなものだ。中の液体にはおおよその見当がついた。

「……闇《やみ》ポーション、ですか？」

「ご名答。私がじっくり煮込んで作った、特製品よ」

ルーメイは得意気な表情で言う。

闇ポーション。

回復のために精製されるポーションとは違い、快楽のために使用される魔薬《まやく》のことだった。

都市パルムでは、表向きには販売が禁止されているが、大商人や貴族、神官など、特権階級と呼ばれる人々の中でこの手の禁じられた嗜好品《しこうひん》が出回っていることは、公然の秘密だった。

「クレック神官にこれを渡してほしいということですか」

「いや、あなたが買ってくださらない？」

ルーメイは怪しく小瓶を振り、妖艶《ようえん》に微笑んだ。

「パルムに復帰されたんでしたら、あの方が取りにきてくださらない限り、お売りするのが難しくなりますし。せっかくお会いできたのですから、これからはあなたに優先してお売りしようと思うのだけど」

俺はほとんど間をおかずにその申し出を断る。

「それでしたら結構です。俺には必要ないので」

ルーメイが目を細めた。

「ふふっ。神官さまともあろう方が、闇ポーションを怖がってらっしゃるのかしら」

俺を挑発するようなルーメイの言動。

大方、貴族と同じくプライドの高い神官なら誘いに乗ってくると思っているのだろう。

だが、俺はそういった人たちとは違う。

「ええ、そうですね。怖いのでやめておきます」

「ふふ、そうよね。神官さまともあろう方が、怖いはず……え、怖い？」

俺の言葉が信じられなかったのか、ルーメイが聞き返す。

「怖いのですか？　神官さまともあろう方が」

「ええ、怖いですね。俺はそんなに強い人間じゃないので、そういうものには手を出さないようにしています」

「……じゃあ、他の神官の方に売られるのはどうです？　前任のクレック神官さまは、パルムでお知り合いの貴族さまなどに売られていたようですけど。ふふっ。なかなか良いお値段で買っていただけるようですよ」

「やめておきます。生憎、俺に貴族の知り合いなどほとんどおりませんし」

俺の答えが予想外だったのか。

ルーメイの顔からは、焦りが読み取れた。

「で、でしたら！　このポーションをもとに、貴族の方とお近づきになられるのはどうでしょうか？　これがあれば、仲良くなるのはそう難しくは……」

「ごめんなさい。俺には必要のないものです。お引き取りいただけますか」

魔女は愕然としていた。そして真っ赤な唇から、言葉を絞り出す。

「……本当に良いのですね？　このポーションを売ってお知り合いを増やせば、近いうちにパルムに戻ることも」

賄賂としてポーションを配り、神官や、教会の上層部とのつながりを持った人たちに媚びるという提案だろう。

俺は首を横に振った。

「必要ないです。それにパルムに戻ることも今は考えていません。俺にはまだ、イスム地区でやるべきことがたくさんあるので」

「……変わった神官さまですこと」

ルーメイが呆れたように言った。

「分かりました。ではこのポーションはクレック神官にお売りしますね。自分で言うのもなんですが、私の闇ポーションはそこらのものとはまるきり質が違いますからね。もしパルムで他の売人から買われたとしても、クレックさまはすぐに気付かれるはずです。私のポーションの方がいいって」

「はぁ、そうですか」

俺の興味のなさそうな様子で、ルーメイの声が自然と尖った。

「すみませんね、貴重なお休みのところお邪魔してしまって」

彼女は吐き捨てるように言った。

「いえ」

必要以上の愛想を見せることもなく、俺は応える。

「またお会いしましょう、神官さま」

「機会があれば」

俺がすげなく答えると、魔女は森の中に戻っていった。

◇　◇　◇

森を歩きながら、ルーメイの体は小刻みに震えていた。

破裂しそうな怒りが全身を支配する。

「私の作る闇ポーションが『必要ない』だと？　あの小僧……こんな屈辱、久方ぶりだぞ」

ガァー、ガァー。

黒い魔鳥の鳴き声に、彼女の神経が逆立つ。

「うるさい！」

乱暴に振った右腕。中指の指輪が光ると、魔女の頭上から血の雨が降る。

地面に転がった黒い魔鳥の亡骸《なきがら》を、魔女は執拗に踏みつけた。

「おうおう、ご機嫌だな。魔女」

そんなルーメイの前に、三人組の男たちが現れた。

パルムへ向かう荷車をたびたび襲うことで有名な盗賊だった。

「ガルガン」

三人の中でリーダー格の男の名を、彼女は呼ぶ。

そして自分が持っていた鞄を、盗賊の男の前に投げた。

投げられたかばんの中を確認し、盗賊の男は反射的に笑み、野犬のようなぎざぎざの歯を剥き出しにする。

彼もまた、ルーメイの作る闇ポーションの奴隷だった。

「あなたに頼みたい仕事がある」

「へへ。なんでございましょうね、大魔女さま」

地面に落ちたポーションを、這いつくばるようにして拾う盗賊に、ルーメイは言った。

「手を汚してもらうわ、ガルガン」

「お安い御用だ」

盗賊の顔に、醜い笑みが広がった。

◇　◇　◇

次の日、俺——アルフは、日課になっていた作物の収穫を済ませたあと、みんなで朝食を囲んだ。

俺はその場で、前から考えていた「休息日」について提案する。

「リアヌ神も、ちゃんと休まないとだめだとおっしゃっていました」

リアヌンの言葉を借りて、説明の最後にそう付け加えた。

リアヌ神のお言葉ならばと納得してくれる人が大半だったが、中には首を傾げる人もいた。

「どうしてリアヌ神は、我々が休むことを望んでいるでしょうか」

ここに集まってくれている人の間では、働くことや祈ることが神に対して誠実な行いであり、人間として大切な行為であるという認識が共通としてあった。

それに対して「休み」という行為は、今一つ、大切な行いとしての意味がぴんとこないらしい。

俺は上手いこと理由を説明する。

「リアヌ神は、私たちのことをとても大切に思ってくれている神さまで、私たちが苦しんでいるところではなく、幸せに過ごしているところを見たいと思っているのです。ですから私たちが心置きなく休息をとり、自分たちの身や心を大事にしているところを見せると、リアヌ神もお喜びになるのですよ」

リアヌンから直接こういった言葉をかけられたわけではないが、彼女の性格を考えると、的外れな考えではないはずだ。

「そういうことでしたか」

疑問に思っていた人たちも納得してくれた。

というわけで、早速明日を休息日にすることに決定する。

この後畑の種まきを行うと、明日収穫の仕事が入るため、正確には今日の午後から休みだ。

「ええと。ではこの後は……どういたしましょうか」

種まきをするはずの時間が急に空いてしまったことに、みんなが戸惑う。

俺はみんなに、手伝って欲しいことがあると伝えた。

それは、イスム地区を巡ることだった。

イスム地区を巡る目的は、まだ教会に来ていない人に声をかけること。

今のところ、教会の家の寝られるベッドの余裕はそれほどあるわけではないが、森へ行けば必要な木材が入手できることは分かった。

まずは教会があるということ、そこに寝泊りできる場所や食料が用意できたので、誰でも気軽に来てほしいということを伝えたかったのだ。

イスム地区には、都市パルムから運び出されるゴミで形成されたゴミ山がある。

教会に今来ている人の多くは、その山の近くで暮らしていたわけだが、山自体は一つではなく、いくつかのゴミ山の周辺に、それぞれ住んでいる人たちがいるのだという。

馬車ならともかく、徒歩で歩くとそれなりの時間がかかる。

そのため夕暮れまでに教会へ戻るということも考えると、一日で行ける場所は限られていた。

「アルフ兄ちゃん」

「ん？　どうしたの？」

スラムまでの道中で、俺が呼ばれた声に振り返ると、マリニアが紫色の花を差し出した。

「これ、甘いの」

「そうなの？」

マリニアが頷いた。

「うん」

俺はその花を受け取って、スキルで鑑定した。

たしかにそれは毒性のない花で、甘い蜜《みつ》を吸えることが分かった。

「こうやって吸うんだよ」

俺が花をじっと見ていると、今度はミケイオが教えてくれた。

彼は花の根本を吸っている。

「こう？」

見様見真似で、根本を唇にあてた。

「「そう！」」

ミケイオとマリニアが笑顔を向けた。

他の子たちも寄ってきて花を手に取り、慣れた様子で蜜を吸っていた。

「本当だ、甘いね」

蜜はかすかだが、たしかに甘かった。

俺が感想を述べると、子どもたちが次の花を渡してくる。

小さな手に、ぎっしりと花を握っているのがちょっと可愛らしかった。

「ありがとう」

俺はお礼を言って受け取り、新たな花の蜜を吸った。

青空のもと、元気な子供たちに囲まれながら歩くのは、なんだか遠足をしている気分だった。

スラムに入り、ゴミの山が近づいてくると、鼻をつく異臭で気持ちが塞《ふさ》ぎこんだ。

情けなさか、やるせなさか、気を引き締めておかないとつんと涙がこぼれそうになった。しかし、子供たちが手をつないでくれたり、大人たちが話しかけてくれたりしたので、なんとか耐えることができた。

みんなが一緒に歩いてくれることは、とても心強い。

教会都市パルムにおいて実権を握っているのは、言うまでもなく、教会側の人間だ。

彼らは一体、このイスム地区のことをどう思っているのだろう。

やはり都合の良いゴミ捨て場としか思っていないのだろうか。

道中で出会った人たちに食べ物や衣服、靴などを渡して歩く。

そして教会に生活できるスペースがあるから、いつでも来てほしいと伝えた。

警戒されたり、拒絶されたりすることもあったが、ほとんどの人は食べ物を受け取ってくれたし、何人かは俺たちのことに興味を持ってくれた。

出した食べ物自体に、疑いを持たれることも稀にあった。

そういうことを言われた場合は、彼らに差し出したパンを自分の口に運んで彼らに説明した。

「毒は入っていません。安心してください」

そして一通り歩いたあと、教会に戻ることにした。

新たに教会についてきてくれた人は残念ながらいなかったけれど、食べ物を受け取ってもらえただけでも良かったと思った。

何より一緒に歩いたみんなが、ずっと明るくいてくれたことが救いだった。

種まきはなかったけれど、体には同じくらいか、それ以上の疲労感があった。

お風呂に入り、体の汚れを流してから、ダテナさんの作ってくれた料理を囲んだ。

空腹の俺たちに、これ以上ないというほどの幸福感を与えてくれた。

みんなが就寝して、俺もそろそろ寝ようと考えたその時——

教会の扉をノックする音があった。

またあの女性がポーションを売りに来たのだろうか？

居留守を使おうと思ったが、ノックの音や扉の外の気配が、まったく別の人のようだった。

俺は扉の方に向かって、ゆっくりと開ける。

外に出ると、一人の少年がその場に立っていた。

俺は首を傾げた。こんな時間に、どこから来たのだろう。

「どうしたの？」

「お兄ちゃんの具合が悪いんだ」

少年が泣きそうな顔でそう言った。

目線の高さを合わせ、彼に尋ねる。

「お兄ちゃんは、どこにいるの？」

少年が指さすが、具体的にどこなのかは分からなかった。

どうやらついてきてほしいということらしい。

「分かった、ちょっと待ってて」

俺が言うと、少年はこくりと頷いた。

俺は教会の中に戻って、保管庫に収納している荷物の中から、ローブを取り出して身にまとった。

それから「リアヌン」と、一応、女神像に声をかけた。

しかし返事はない。今はいないようだ。

「行こう。案内してくれる？」

「うん」

少年に案内されたのは、教会から最も近いゴミ山のひとつだった。

「ここ……昼間に来たところだ」

俺はそう思い出すが、昼間はこの少年とは会っていなかった。

イスム地区の人たちは、ゴミ山を転々として生活するらしいので、この少年も俺とはすれ違わなかっただけで、別のゴミ山を漁ってからここに来たのかもしれない。

一つの掘っ立て小屋の中に少年が入っていく。

そこには、少年よりも少し体の大きい、しかし同じように痩せた少年が横たわっていた。

「これは……」

俺はすぐに膝をつき、彼に声をかけた。

「こんばんは。聞こえる？」

少年は、落ちくぼんだ目でこちらを見た。

「鑑定する」

合言葉を唱えると、目の前の彼の状態が頭に入ってくる。

「呪いだな……」

大したものではないけれど、普通に生活しているだけで受ける類のものでもない。

どこでかかったのだろう。

隣にいた少年が、驚いたような顔でこちらを見ていた。

俺は安心させるために口元を緩めた。

「呪いといっても、そんなに大層なものじゃないよ」

あの小さな狼がかけられていたものに比べれば、よっぽど軽い。

しかし森の中で暮らす狼ならばいざ知らず、彼らがどうして呪いにかかっているのか。

それだけが不思議だった。

捨てられたゴミの中に、呪われたアイテムでもあったのだろうか。

俺は『保管庫』からコップを取り出す。

それから別のスキルの合言葉を唱えた。

『ここに、聖なる泉を』

コップの中に、みるみるうちに清らかな聖水が溜まっていく。

「飲める？」

ぐったりしていた少年はコップを見て、小さく頷いた。

口元にコップを持っていって飲み始めた。

少年の小さな喉が、く、く、と動く。

『する』

スキルで確かめると、呪いが次第に力を失っていき、少年の体から離れていったのが分かった。

「もう大丈夫だ」

俺は少年たちに言った。

弟が兄の顔を見る。

兄の弱弱しい様子は相変わらずだったが、彼は口元に笑みを浮かべた。

俺はスキルでパンを取り出すと、弟にそれを差し出した。

「良かったら食べて」

しかし弟は、すぐには受け取ろうとしなかった。空腹には違いないだろうに、戸惑っているように、手を伸ばさなかった。

昼の時と同じく、俺はそのパンをちぎって食べてみせたが、それでも少年は手を伸ばさなかった。

「遠慮しないで」

その俺の言葉で、ようやく弟がパンを受け取る。

そして俺がにこりと笑いかけた途端、なぜか彼の瞳に見る見るうちに涙が溜まっていった。

「ごめんなさい、ごめんなさい……」

消え入るような声で、少年が謝る。

「どうしたの？」

そこで少年がたどたどしく話し始めた。

「女の人に言われたんです。神官さまをここへ連れてきなさいって。そうしないと、お兄ちゃんにかけた呪いをといてやらないぞって」

弟が顔をぐしゃぐしゃにした。そんな弟の頭を、兄がぐっと自分の方に引き寄せた。

「えっと」

急に少年が言出したことに、俺は困惑して頭を整理し始めた。

女の人……呪い……ここに呼び寄せられた……？

「もしかして……！」

浮かんできたのは、あの闇ポーションを売りにきた女の顔だった。

まさか、教会に何か……

俺は立ち上がった。

怯えたような顔でこちらを見た二人の少年に、俺は視線を合わせて彼らに言った。

「大丈夫、君たちは気にしなくていいからね」

俺はそう言って駆け出した。

自分の気持ちが、どれほど彼らに伝わったかは分からなかったが、猶予がない。


教会に戻ると、みんなが表に出て来ていた。

「アルフ様！」

そして教会が――火に包まれていた。

駆け寄ってきたみんなに俺は尋ねる。

「大丈夫ですか!?」

「ええ、みんな、無事です」

彼らは口々に報告してくれる。

「アルフ様！」

小さい子たちも集まってきた。

そしてミケイオが言う。

「吠える声がしたから、みんながそれで目を覚ましたんだ！」

彼らが指さした方を見ると、遠くから走って来る姿がある。

小さな点だった存在が見る見るうちに大きくなり——

「イテカ・ラ！」

灰色の美しい狼の群れが、俺の目の前に現れた。

「どうしてここに？」

——狩りをしていたのだ。アルフが許してくれたとおり、我々はこの辺りを縄張りにしたからな。

「なるほど……そうだったんですね」

——しかしすまない、アルフ。我々が気が付いたときには、これらの建物からは既に火の手があがっていた……

「いいえ。皆さんが吠えてくれたおかげで、なんとか全員が無事に逃げられたみたいなので……」

いや……待てよ。

俺は燃え盛る教会を見て思い出す。

「女神像が！」

それから教会に向かって走った。

――アルフ！

「「アルフ様！」」

その様子を見たイテカ・ラや教会のみんなが心配そうな声をあげる。

「皆さんは離れててください！」

教会の扉まで着くと、俺は頭上にウォーターボールを発生させ、頭からその水を被った。

それから教会の扉に向かって、巨大なウォーターボールを放つ。

ビシャッ！

扉周辺にまとわりついていた火の勢いが弱まった。

すかさず教会の中に飛び込むが、中では火が激しく燃えている。

地面には、蛇のような火がしつこく這いまわっていた。

「これって……」

俺は火の中に落ちているものに気が付いた。

何かを叩き割ったような破片。俺はその破片をスキルで回収し、教会の火に視線を戻した。

容赦のない火の海に向けて、水魔法を放つ。

「いけっ！」

だが燃え盛る火は、予想以上の凄まじさだ。

水をかけると、まるで反抗するように一段と火力を増してくる。

「くそっ……」

自分の通ろうとする道だけでも確保できれば！

強力な水魔法を起こすと、渦巻いた水で火を押し潰して、道を作る。

左右の火が盛り返してくる前に、俺はこじ開けた道を走り抜けた。

女神像の前にたどり着き、呼びかける。

「リアヌン！」

しかし女神像からの返事はない。

いないだけか？　それとも……

「リアヌ……ゴホッ、ゴホッ」

再度呼ぼうとしたが、煙を吸い込んで咳き込んでしまう。

魔法で風を起こして煙を払っても、気休めにしかならない。

「とにかくここを出ないと」

俺は女神像に手を伸ばした。

「これ、どうすれば……収納スキルを使ってもいいのか？」

パキン。

それほど強い力を加えたわけでもないのに、台から女神像が外れた。

「わっ」

「こ、壊したかもしれないけど……台座ごとは持っていけないし、とりあえずこれで……」

ひやひやしながら、俺はその像を抱いて、振り返る。

入るときに切り開いた道が、再び火の手によって閉じられていた。

いよいよ激しさを増した火の中で、全身で死の恐怖を感じた。

『いくぞ……！』

腹の底から、渾身の魔力をひねり出す。

不安定に乱れた精神の中でも、魔法は俺の手から離れなかった。

目の前に現れた水の竜が吠えるように口を開けて、燃え盛る荒波を泳いで抜ける。

その竜の後を追って、俺は決死の覚悟で駆け抜ける。

激しく何かが崩れ去る音が轟き、間もなく静寂が訪れる。

振り返った瞬間、視界に映ったのは、崩壊した教会の姿だった。

えぇ……

起こったことの非現実さと、あまりにも綺麗な崩れっぷり。

転がるようにして外へ出た後、俺は呆然とそれを見届けた。

「大丈夫ですか！　アルフ様！」

みんなが駆け寄ってくる声で、俺は我に返った。

「み……ゴホゴホッ」

煙のせいか咳き込んでしまった。

「皆さんこそ、大丈夫ですか？」

俺はしばしばする目で、周りを見た。

「ええ、我々は……」

顔を合わせたり、こちらに心配そうな目を向けたりする人たち。

『良かった。全員、無事みたいだ』

怪我した人や行方不明の人がいないことを確かめると、体から力が抜けた。

倒れ込むと、思わず地面に顔をぶつけそうになった。

「「アルフ様！」」

周りに人に体を起こされつつ、立ち上がる。

「大丈夫ですか!?」

「すみません、大丈夫です」

そこで、胸に抱いていたものにみんなの視線が向いた。教会に安置されていた女神像だ。

「これは……リアヌン様、ですか」

「ええ。無事なはず……ですが」

女神像からは、何の返事もない。

もうあの声を聞くことができないかも……という不安が頭をよぎるが、考えないことにする。

俺は深く呼吸し、気持ちを落ち着ける。

再び後ろを振り返った。嘘みたいに崩れ落ちた教会。

その屑の上で、まだ残った火が残っている。

そして教会脇の木造の家も、ほとんどが火に喰いつくされていた。修復するのは難しいだろう。

「とりあえず……一旦、火を消さないと」

教会に近づき、手のひらの上にウォーターボールを出した。

自分で想定したよりも小さく、不安定。

それと同時に、

「痛っ！」

頭に痛みが走った。パチンと水の球が弾けて、手の平を濡らした。魔力を使い過ぎたようだ。

俺は頭を振り、考えを切り替える。

「他に水を出すなら……！」

教会の燃えかすに向かって、合言葉を唱える。

『ここに、聖なる泉を』

頭の中に思い描いたとおり、火の中から聖水があふれ出す。両脇の家にも同じものを出した。

『良かった、スキルは使える……』

出現した聖水によって、無事火が消し止められる。

燃え残った教会と小屋を収納スキルで片づけると、だだっぴろい空き地だけが残った。

教会裏の畑も、種まきをしていないから、ただ茶色いだけの土だ。

神獣たちは俺たちのことを心配してくれているらしく、すぐには立ち去ろうとしなかった。

「これからどうしましょう」

「いや、そもそもどうしてこんなことに」

「アルフ様……」

みんなが絶望した様子で口々に言う。

すると、ダーヤ青年が俺の方に進み出た。

「怪しい者がいました。暗かった上、フードを被っていて顔までは分かりませんでしたが……おそらく、教会に火を放った者がいます」

みんなの中にどよめきが起こった。

「私も見ました」

「何者でしょうか？」

その後に、他に目撃した人からの声が飛び交った。

「ありがとうございます。実は俺も、皆さんに聞いてもらいたいことがあります」

俺が言うと、イスムの人たちの視線がこちらに集中した。

どのように伝えるか迷ったが、俺は自分の身に起こったことをありのまま打ち明けることにした。

火事のときに自分が教会を離れていたのは、ある少年に呼び出されたからだということ。

そして少年が打ち明けてくれた話によれば、放火を手引きしたであろう女性がいるということ。

その女性とはおそらく魔法使いで、教会に非合法のポーションを売りに来た人であり、俺が購入を断ったため、恨みを買った可能性があるのだということ。

俺の話を、みんなは黙って聞いてくれた。

俺は言葉を続けた。

「本当に申し訳ありませんでした。俺がその者の怒りに触れてしまったせいで、皆さんを危険な目に遭わせてしまいました」

「そんな！」

「アルフ様のせいでは！」

みんなが否定しようとしたが、俺は首を振った。

「教会のそばで暮らしてもらうことを提案したのは俺です。みんなで一緒に暮らせたらいいだろうと考えていたのですが……こんなことが起こってしまうとは」

みんなが静まり返る。

「せっかく集まっていただいたのに心苦しいですが……この場所で集まって生活するのは、やめにしましょう。新たな建物を建てたとしても、また狙われてしまうかもしれません」

唇が震えた。俺は歯を食いしばりながらそう告げた。

誰もがかける言葉に迷う中、ロゲルおばあさんが口を開く。

「アルフ様、ここにいる者で、アルフ様のせいだと考えている人間は一人もおりません」

俺は何も言えなかった。みんなが俺のことを責めていないことは分かっている。

でもそれは、彼らが優しい人たちからだ。

俺が今すべきは、謝って許しを乞うことではなく、具体的にこれからどうすべきかをみんなと話し合うことだ。

しかし、頭が真っ白でうまく考えることができない。

そこで、ロゲルおばあさんが提案する。

「祈りませんか、アルフ様」

「我々は、誰ひとり命を落としておりません。リアヌ様が、身を挺して守ってくれたのではありませんか」

俺は、腕に抱いた女神像を見た。女神像にリアヌンの気配はない。

教会が崩れ去ったいま、この像はリアヌンとつながる働きを保っているのだろうか。

「我々にはリアヌ神がついております。祈らせてください、アルフ様」

ロゲルおばあさんの後ろで、みんなも頷いていた。

女神像を地面に置いて、みんなで祈りを行った。

雲のない空で、星が輝いている。

子供たちの中には眠りに落ちてしまう子もいたが、そういった子を無言で支えて人々は祈りを続けた。

俺たちの周りを、五匹の灰色狼が囲んでいた。

そこで、イテカ・ラが俺に声をかける。

——アルフ、ここの守りは私たちに任せてほしい。近づくものがあればすぐに報《しら》せよう。

「ありがとうございます、イテカ・ラ」

俺はイテカ・ラと、彼の仲間たちに頭を下げた。

そして彼らに周囲の警戒を任せて、俺もみんなの後ろで祈りに加わった。

しばらく祈っていると、不思議な感覚に包まれた。

静かな夜にいるはずなのに、日向ぼっこをしているかのように、温かく明るい。

顔をあげると、祈っている人たちの一人一人がほのかに光っていた。

その光が粒となって、風にのる綿毛のように、女神像の方へ流されていく。

集まった光に照らされて、女神像の微笑みがよく見えた。

そして彼女の周囲を浮かんでいる、大量の赤い玉。

『スキルの玉だ……』

女神像に触れたときに見える幻。

今は触れているわけではないのに、なぜかそれを見ることができた。

いくつかの光の玉が、次々に青色へと変化して輝き始める。

神力が貯まったことによって、授かることができる状態に変わったらしい。

光の中に目を凝らすと、女神像の上に浮かんでいる数字が見えた。

９９……と表示されていた先頭の数字が１００に変わる。１００万に達した神力の数値は、そのまま止まることなく増え続けた。

——ええ？　どどどど、どういうこと、これ!?

「……ん？」

上から声がして、俺は顔をあげた。

——え？　待って……私が寝ていたあいだに、教会がなくなってる!?

明るくなった空に、すっとんきょうな叫び声が広がった。

◇　◇　◇

暗い洞窟の中に、下卑た笑い声が響いていた。

「それじゃあ、うまくやってくれたということだね」

念を押すように、魔女のルーメイが三人の盗賊に尋ねた。

「ああ、そうさ」

三人組のリーダー格であるガルガンがにたにた笑みを浮かべて言う。

「教会も、周りのちんけな豚小屋も、あんたの言う通り燃やしてやった。本当はもっと滅茶苦茶にしてやりたかったんだがな、教会の周りで犬どもがきゃんきゃん吠えてやがって、それで寝ていた奴らも起きてきやがったから、早々に退散した。まぁ、火はしっかりつけてやったから、教会は今ごろボロボロだろうぜ」

「そうかい、そうかい」

ガルガンの報告を聞き、ルーメイが満足気に頷いた。

「よくやってくれたよ、三人とも」

「しかし魔女よ。あんな面倒なことしなくても、最初からぶっ殺してしまえばよかったんじゃないか？」

ガルガンの手下が、黄色い歯を見せて言った。

「神官たって、まだガキだったじゃねぇか。俺たちなら、まず間違いなく殺せたぜ」

「そりゃあ、あんたたちみたいな腕自慢なら間違いないさ」

彼女がおだてると、三人の盗賊は満更でもない顔をする。

「でも、殺したらそこで終わりだからね。苦しんでるところを見なくちゃ、つまらないだろ？」

盗賊の一人が口笛を吹いた。

「相変わらず、おそろしい女だぜ。まぁ、いつでも終わらせたくなったらいってくれよ。さくっと殺してやるからさ」

ガルガンが、ニヤリと笑いながら言った。

「その時の支払いはまた闇ポーションでいいぜ」

「頼もしいわ。その時はよろしくね」

盗賊たちがほら穴から去ると、ルーメイは唇を噛んだ。

『なんだかあいつら、面倒になってきたわね』

おそらく、あの神官はそこそこ魔法が使える。

盗賊にやらせたところで返り討ちにあうと思ったから、直接は襲わせなかったのだ。

穴を這っていた鼠を、ルーメイが尖った靴で蹴り飛ばした。

「ビッ！」

情けない声をあげて、鼠が吹き飛ぶ。

「大して強くもないくせに、威張り散らかしてやがって……闇ポーションでいい、だと？　私の高級ポーションはね、本来あんたら三下がありつけるような代物《しろもの》じゃないんだよ」

ルーメイは怒りに任せて、地面に唾をはいた。

◇　◇　◇

『リアヌン、聞こえる？』

スキルの合言葉を唱えるように、俺――アルフは胸のうちでつぶやいた。いつもなら女神像の近くまで行って話すのだが、今は皆がそれに向かって祈りを捧げている最中だ。

それに、直感があった。

触れずとも、貯まっていく神力が見えている今の状態なら、直接声に出さずに、リアヌンとも話せるのでは……と。

――あ、アルフ！　え、どこ？

やっぱり。このやり方で会話できるみたいだ。

『みんなの後ろにいるんだけど、見える？』

――あ、いた！　ねぇアルフ、大変！　教会がなくなってる！

『うん、知ってる……リアヌン、色々と謝らないといけないことがあるんだ』

――え？

俺はリアヌンに何が起こったのか説明を始めた。

教会が燃やされてしまったこと、そして呪いをかけられた少年たちから聞いた話。

――そんなことが……

『うん。その……ごめん、なさい。教会が燃やされてしまって』

――いや、アルフのせいじゃないんだから謝る必要はないよ。気にする必要なし！

『……分かった』

リアヌンだからこう言ってくれているけれど、教会を任された者として申し訳ない。

パルムの教会関係者に報告したら何らかの罰が科されるしれないし、神官をやめさせられるかもしれないが、それは別に構わなかった。

ただ、教会に集まってくれた人と、救いの手を差し伸べてくれたリアヌンを考えると、自分の未熟さが悔しかった。

――あ、そうだ！　ちょっと待ってよ……あ、でも神力……うわぁすごい貯まってる！　これならいけるかも……！

ん？　と、リアヌンの言葉に俺は首を傾げた。

何やらリアヌンがひとりであたふたしている。

――これで、よしっと。アルフ！　私に任せて！

『えっと……？』

――これだけ神力があれば……ほい！

リアヌンがそう言うと、まるで天地を揺るがすような激しい揺れが起こった。

「！」

祈りを捧げていた人たちが、顔をあげ、かたまっている。

女神像の背後から光が現れた。

その光は柔らかい波のようで、やさしく女神像を包み込んだ。

光の波の中に何か大きな物体が見えた。

そして波が引いた、次の瞬間――

『これは……教会!?』

その物体が姿を現した。

もともとあった教会よりも、一回りも二回りも大きい。周りに建てていた木の家四つ分のスペースを優に埋めるほどの大きさだった。

ガラン、ガラーン。

音のした方に目を向けると、建物の屋根についた鐘が何かを祝福するように気前よく鳴った。

――じゃーん！　小さな聖堂は、リアヌの聖院にランクアップしました！

リアヌンの声がはっきりと聞こえる。

「リアヌの聖院……!?」

驚きのあまり、声が漏れた。

前で祈っていたみんなからも、同じような声があちこちから聞こえた。

そして彼らはこちらを見た。

「アルフ様！」

「こ、これは何が……？」

度肝を抜かれるとは、まさにこういうことを言うのだろうか。

――アルフ！　みんなと一緒に、中に入ってみて！

「あっ、うん」

そう言われて、俺はみんなに声をかける。

「皆さん、リアヌ神がぜひ入ってみてくださいとのことなので……行ってみましょう」

俺もみんなも、狐につままれた顔のままだ。促されるままに、新たな教会へ向かう。

装飾が施された正面扉は自分の背よりはるかに大きかったが、軽い力で開いた。

――へい、いらっしゃい！

聞き馴染みのある声が陽気に出迎えてくれる。

いつもなら教会らしからぬ言い回しに突っ込むが、そんな間もなく目の前の光景に驚愕した。

『なんだこれ……』

美しいアーチによって、支られた天井は高く、左右にはステンドグラスがはめられていた。

入ってすぐの広間、正面に大きな女神像があった。

どうやらここが祈る場所らしい。

『七十人どころじゃない。百人、いやそれ以上も余裕で入るんじゃないか……？』

元の教会の何倍ぐらいあるのだろう。

『じゃーん、ここが祈りの間でーす！　アルフ、他の部屋にも行ってみて！』

「あ、うん」

俺は頷き、みんなに声をかけて、別の部屋へと向かった。

聖院の中は充実していた。祈りの間だけではなく、食堂や調理場、大きなお風呂、さらには個別の部屋も多く、そこには俺が魔法で作ったものよりもはるかに丈夫そうなベッドすら並べられていた。

一通り部屋を見て回ったあと、俺はリアヌンにお礼を言う。

――あはは。でも神力、ほとんど使っちゃった。またこれから、お祈り、お願いしますー！

「もちろん！」

リアヌンの言葉をみんなにも伝え、俺たちはランクアップした教会をあちこち見て回った。

それから俺たちは、ずっとそばにいてくれたイテカ・ラたちにお礼を言った。

「本当にありがとうございました……！」

――ああ。また会おう、アルフ。人の子らよ。

俺たちの安全が確保されたのだということが分かると、神獣たちは静かに森の中へ帰って行った。

色々あったけれど、当初の予定通り、その日は休息日とすることになった。

新しくできた聖院の中で、皆は思い思いの時間を過ごし、心と体を休めた。

皆が寝静まったあと、俺は祈りの間でリアヌンと話をした。

新しくできたこの聖院について。それからこれからのことについて。

重要なことを一通り話し終えてもなお、俺たちは他愛ない内容で会話を続けた。

——あっ、そうだ。

その合間でリアヌンは、何か些細なことを思い出したように言った。

——見てみて、アルフ。

「ん？」

すると女神像の前に光が集まって……

「え⁉」

——じゃーん。すごいでしょ？

「リ、リアヌン……⁉」

——うん、初めまして。へへっ。

美しい女性がこちらを見て笑っていた。

どうやらこの聖院の中では、リアヌンは人の姿となって、俺の前に現れることができるらしかった。

◇　◇　◇

陽が沈み、どっぷりと暗くなった頃、魔女のルーメイは鼻歌を歌いながら、ほら穴を出た。

かばんの中には、出来立てほやほやの闇ポーション。

「さてと。あの生意気な小僧の泣き面、しかとこの目で拝ませてもらうよ」

ルーメイは期待に胸を膨らませて、意気揚々と森を抜ける。

「どうせまた、粗末な木こり小屋でも建ててるんだろう？」

そう嘲笑いながら、目的の場所へ向かう。

「おかしい……このあたりだったはずだよ……」

クレック神官にポーションを売りつけるため、何度も訪れたことのある教会だ。

今さら、道を間違えることなどあり得ない。

しかし、記憶をたどってやってきた場所には、まったく別の物があった。

それはぼろぼろの教会でも、新しく建てられた木小屋でもなく……

見上げるほどに大きく荘厳な教会の姿だった。

「一体、どういうことだい……？」

ルーメイは教会の前で、呆然と立ち尽くした。

困惑していると、彼女の耳に何か聞き慣れない音が飛び込んでくる。

「なんだい、この音……鐘、の音……？」

ゴーン、ゴーン、ゴーン……

「……！」

鐘の音が、大きく響いている。

彼女は愕然と、目の前に現れた巨大な教会を見上げた。

◇◇◇

聖院の鐘が鳴ったのを聞いて、俺——アルフは教会の扉を開けた。

魔力の気配から、誰が来たかはおおよそ見当がついている。

「こんばんは」

手の平のうえに聖火を灯し、俺はやってきた女に近づいた。

「先日はどうも、ルーメイさん」

「あ、え、ええ！　ごきげんよう、神官さま」

彼女はすぐに取り繕ったが、動揺していることは明らかだった。

「また新しいポーションができましたから、お試しだけでもと思い持ってこさせていただいたのですが、驚きましたわ。この改築は、あなたさまの魔法で？」

「いえ」

俺ははっきりと否定した。しかしそれ以上は何も言わない。

「そ、そうでしたか。これは失礼しました」

沈黙に耐えきれなかったのか、ルーメイは言った。

「で、では、私はこれで」

踵を返すルーメイを俺は呼び止める。

「待ってください」

ルーメイが、びくりと震えた。

「ポーションを売りに来られたんですよね。なのに、何もせず帰られるんですか」

「あ……」

彼女は、額に浮かんだ汗を拭った。

「そ、そうです。いえ、神官さまはいらないとおっしゃられていたから、しつこく話すのもよくないかなと思いまして」

「しかし先ほど、新しいポーションができたから見せに来たと」

「あら、興味を持っていただけたのですか！　よろしければ試しにお一つ、いかがでしょう？」

彼女は鞄からポーションを取り出した。

俺はその小瓶を受け取った。そして顔の前にあげ、じっくりとそれを見た。

「やっぱり珍しい、ですよね」

「え！」

ルーメイの声が大きく響く。

「そ、そうでしょう！　他では見ない色をしていますでしょう？」

「いや、中身の話じゃなくて」

「え？」

俺は、軽く小瓶を振った。

「このポーション瓶です。あまり見たことのない形をしているなと思って」

「……何をおっしゃりたいのかしら」

俺は『保管庫』から、あるものを取り出した。

それは紛れもなく、彼女がポーションをつめて持ってきたものと同じ小瓶だった。

「うちの教会に投げ込まれた破片を魔法で復元したんですが……よく似てますね」

俺はまっすぐに、彼女の目をのぞきこんだ。

「この瓶の中に、火魔法を閉じ込めていた？」

そう聞いた瞬間、ルーメイが腕を振る。

俺も持っていた瓶を地面に投げて、それに応じた。

互いの魔法が激しく衝突した。

中指にはめた黒い指輪を光らせて、彼女は次々に魔法を放ってきた。

俺は彼女の攻撃を先回りし、魔法が形を成す前に潰した。

火、水、風、土。

彼女がそれらを出現させる前に潰すと、魔法の成り損ないはバチバチと雷のように激しく光って、空しく消える。

「この卑怯者！」

口汚く、魔女が俺のことを罵《ののし》った。

その言葉に耳を貸さず、淡々と、彼女の魔法を潰し続ける。

魔法を発動する速度も、読みあいも、神学校にいた頃に先生たちにつけてもらった稽古に比べれば、ルーメイは足元にも及ばない。

こういう戦い方が、一部のプライドの高い魔法使いを最も怒らせ、動揺させるものだということを、俺は学校の中でも特に茶目っ気のある一人の先生から教わっていた。

こんな形でそれを実感するとは思いもよらなかったが。

やけを起こしたように、ルーメイは地面に火を噴いた。

その火は地面でぐるぐるとうねったあと、いくつもの悪魔に姿を変える。

そして俺の方――ではなく、聖院に向かって駆けていった。

俺は胸の中で叫んだ。

『ここに、聖なる泉を！』

スキルを発動すると、地面からどっと水が噴き出す。

間欠泉のように、聖院の前の地面から噴き出す聖水。

出現した火の悪魔たちを、女神の力は簡単に打ち消した。

俺が視線を戻すと、ルーメイの姿がなくなっていた。

代わりに黒い化け物――何本の足が生えている蜘蛛のような姿の魔物が、必死にスラムの方へ逃げているところだった。

それを追いかけて、俺は走り出した。

◇　◇　◇

ルーメイは、一つのゴミ山の影に身を隠していた。

美しい人の姿に変身しようとしたが、動揺からかうまくいかない。

人と蜘蛛の混ざった不気味な姿になったが、それを気にしている場合ではなかった。

「ダラシアン！」

彼女が金切声をあげると、指輪から黒い悪魔が現れた。

——なんだ。

「力……力を貸せ、ダラシアン！」

指輪から悪魔のため息が聞こえた。

——人づかい……悪魔づかいの荒いやつだなぁ……それに、見返りなく動くわけないだろう？

怠惰な悪魔の口ぶりに、ルーメイが舌打ちした。

「じゃあ、あの神官の魂はどうだ！　あんた、さっき見ていただろう。あの小僧の魂なら、そこそこうまいんじゃないのかい？」

するど悪魔の声がワントーン高くなった。

——おぉ。分かってるじゃないか、魔女。たしかにあの若造からはまれにみる純真な匂いがしたぞ。あんな上物の魂が喰えたら、天にも昇る気持ちだろうなぁ！

「だろ？　だから力を貸せ、そうすれば私が奴を拘束して、呪いを……」

——だが悪いな、魔女。さっきの小僧とのやりとりで、俺はもう、今すぐ魂を喰わなくちゃらんほど腹ぺこになっちまった。

「この根性なしが……なら、そこらで魔物でも人でも捕まえてきてやるから、それで」

——おいおい。魂ならここに一つあるじゃないか。

「……ああ？」

——今まで世話になったな。お前の魂ぶんくらいは十分に働いたぞ。さあ、貸した分は、きっちり返してもらおうか。
ルーメイはぽかんと口をあけて固まった。
しかし悪魔の言葉の意味を理解した瞬間、慌てて中指から指輪を引き抜こうとする。
「くっ、このぉぉぉぉ!!」
指輪は外れない。
——さらばだ、魔女。
グチャッ。
ゴミの山に血だらけの肉片が加わった。

◇　◇　◇

どこだ……?
俺——アルフは、魔女の魔力の痕跡を辿ると、一つのゴミの山にたどり着いた。
どこかに隠れているのかもと、警戒しながらあたりを捜索する。
するとその山の影から、囁《ささや》くような声が聞こえた。
——ちょうどいいところに来るじゃないか。
あたりに血が広がっている。

黒い指輪は、その中に転がっていた。

どうやら声は、その指輪からのものだった。

指輪から黒い影が漏れ出してくる。

——私はダラシアン。安心しろ。あの魔女は殺してやった。

黒い影が人型を作った。その人型がにやりと笑う。

——アルフ・ギーベラート、というのだな。先ほどの魔女の戦い、素晴らしかったぞ。そなたは素晴らしい魔法の才能に恵まれているな。力が欲しくはないか、若き神官よ。

俺は胸の中で呟いた。

——取引しようぞ、アルフよ。私の主となれば……あ？

『聖火を灯す』

黒い指輪に、ボッと火が灯る。

その火が生き生きと、指輪を包み込む。

——ウガァァァァァァァァァァァァア！

断末魔が反響する。

よかった、よかった。効いているみたいだな。

——貴様、何を……ガァァァァァァァァァァァァァァァア！

思った以上にうるさかったので、俺は耳をおさえた。

悪魔の宿る指輪は、それから数分と経たずに聖なる火によって燃え尽きた。


教会に戻ると、鐘が鳴り出し、正面扉からみんなが出てくる。

子供たちも集まってくれていた。

どうやらみんな、目を覚ましたらしい。

「アルフ様！」

「アルフ様だっ」

「アルフ様が帰ってきた……！」

誰もが安堵の表情を浮かべていた。

「ただいま帰りました」

俺は笑顔で応えた。

「「おかえりなさい」」

俺は出迎えてくれた人たちに囲まれながら、教会へと戻る。

魔女がやってきたのは予想外だったが、みんなの協力とリアヌンの力のおかげで、なんとか教会を取り戻すことができた。

これから先も、何が起きるかは分からないが、この場所で、多くの人をこれからも救っていこう。

教会の扉を開けると、リアヌンが笑顔で出迎えてくれた。

——おかえり、アルフ！
『ただいま、リアヌン』
俺は胸のうちで、そっと呟いた。

嫌われ者の悪役令息に転生したのに、
なぜか周りが
放っておいてくれない
著 AteRa
ill. 華山ゆかり
処刑ルートを避けるために好感度を上げてたら…
構われまくり!?
でも本当は
静かに暮らしたいので
放っといてくれ!

嫌われ者の悪役令息に転生したのに、
なぜか周りが
放っておいてくれない
AteRa
構われまくり!?
でも本当は
静かに暮らしたいので
放っといてくれ!

狙って追放された
創聖魔法使いは
異世界を謳歌する
•Author•
マーラッシュ
アルファポリス
第15回
ファンタジー小説大賞
爽快バトル賞
受賞作!!
我がまま勇者にはうんざりだ!!
わざと追放されてやる!
万能の創聖魔法を覚えた
「元勇者パーティー最弱」の世直し旅!

狙って追放された
創聖魔法使いは
異世界を謳歌する
Author
マーラッシュ
我がまま勇者にはうんざりだ!!
わざと追放されてやる!
アルファポリス第15回ファンタジー小説大賞「爽快バトル賞」受賞作!

『作業厨』。それは、常人では理解できない膨大な時間をかけて、レベル上げや、装備の制作を行う人間のことを指す――ゲーム配信者界隈で『作業厨』と呼ばれていた、中山祐輔《なかやまゆうすけ》。突然の死を迎えた彼が転生先として選んだ種族は、不老不死の半神《デミゴッド》。無限の時間とレインという新たな名を得た彼は、とりあえずレベルを10000まで上げてみることに。シルバーウルフの親子や剣術が好きすぎて剣そのものになったダンジョンマスターなど、個性豊かな仲間たちと出会いつつ、やっと目標を達成した時には、なんと三百年も経っていたのだった!

●定価：1320円（10%税込）　ISBN 978-4-434-31742-2　●illustration：ox

アンデッドに転生したので日陰から異世界を攻略します
Fukami Sei
深海 生
不死者だけど楽しい異世界ライフを送っていいですか?
社畜サラリーマン、転生したらゾンビになっちゃった!?
過労死からの不死議な冒険!?
社畜サラリーマン・影山人志(ジン)。過労が祟って倒れてしまった彼は、謎の声【チュートリアル】の導きに従って、異世界に転生する。目覚めると、そこは棺の中。なんと彼は、ゾンビに生まれ変わっていたのだ! 魔物の身では人間に敵視されてしまう。そう考えたジンは、(日が当たらない)理想の生活の場を求め、深き樹海へと旅立つ。だが、そこには恐るべき不死者の軍団が待ち受けていた!
◎各定価:1320円(10%税込) ◎ISBN 978-4-434-31741-5 ◎illustration:木々 ゆうき
アンデッドに転生したので日陰から異世界を攻略します
深海 生
社畜サラリーマン、転生したらゾンビになっちゃった!?
過労死からの不死議な冒険!?
日陰限定ですが、異世界で好きに生きます!

◉定価:1320円(10%税込) ISBN 978-4-434-31644-9 ◉illustration:中林ずん

学園長のパワハラにうんざりし、長年勤めた学園をあっさり辞職した大賢者オーリン。不正はびこる自国に愛想をつかした彼が選んだ第二の人生は、自然豊かな離島で気ままな開拓生活をおくることだった。最後の教え子・パトリシアと共に南の離島を訪れたオーリンは、不可思議な難破船を発見。更にはそこに、大陸を揺るがす謎を解く鍵が隠されていると気付く。こうして島の秘密に挑むため離島でのスローライフを始めた彼のもとに、今や国家の中枢を担う存在となり、「黄金世代」と称えられる元教え子たちが次々集結して——!?
キャンプしたり、土いじりしたり、弟子たちを育てたり!?　引退賢者がおくる、悠々自適なリタイア生活!

●各定価:1320円(10%税込)　●Illustration:imoniii

異世界で水の大精霊やってます。
湖に転移した俺の働かない辺境開拓
ISEKAI DE MIZU NO DAI SEIREI YATTE MASU
1・2
著 穂高稲穂
HODAKA INAHO
アルファポリス
第2回次世代
ファンタジーカップ
『ユニークキャラクター賞』
受賞作!!!!
居眠りしている間に人間卒業!?
全能の大精霊
になってしまいました
居眠りから目が覚めると、別の世界に転移していた高校生の冴島凪。辺りは見知らぬ湖——というより、彼は湖そのものになっていた!?　流れ込む知識を頼りに、自分が湖の大精霊に転生したことを理解したナギは、怪我や病で苦しむ者たちを治していく。そんなある日、ナギは願いの声に導かれて、ある少年のもとに召喚される。奴隷となっていた少年たちを救い出すと、その後も彼を慕ってどんどん仲間が増えていき……湖畔開拓ファンタジー、開幕!
異世界で水の大精霊やってます。
湖に転移した俺の働かない辺境開拓
2
著 穂高稲穂
目が覚めたら怪物の封印、勇者の育成、
ついでに激レア子トラのお世話に引っ張りだこ!
大精霊の日々はやっぱり大忙し!!
「湖畔がにぎやかになりすぎてぐうたらする暇もないね」
◎各定価:1320円(10%税込)　◎illustration:つなかわ

この作品に対する皆様のご意見・ご感想をお待ちしております。

おハガキ・お手紙は以下の宛先にお送りください。

【宛先】

〒150-6008 東京都渋谷区恵比寿4-20-3 恵比寿ガーデンプレイスタワー 8F
（株）アルファポリス　書籍感想係

メールフォームでのご意見・ご感想は右のＱＲコードから、
あるいは以下のワードで検索をかけてください。
アルファポリス　書籍の感想　検索
ご感想はこちらから

本書は Web サイト「アルファポリス」（https://www.alphapolis.co.jp/）に投稿されたものを、改題・改稿のうえ、書籍化したものです。

追放《ついほう》された神官《しんかん》、【神力《しんりき》】で虐《しいた》げられた人々《ひとびと》を救《すく》います！

女神《めがみ》いわく、祈《いの》る人《ひと》が増《ふ》えた分《ぶん》だけ万能《ばんのう》になるそうです

Saida（サイダ）

2023年 5月31日初版発行

編集－小島正寛・仙波邦彦・宮坂剛
編集長－太田鉄平
発行者－梶本雄介
発行所－株式会社アルファポリス
〒150-6008 東京都渋谷区恵比寿4-20-3 恵比寿ガーデンプレイスタワー8F
TEL 03-6277-1601（営業） 03-6277-1602（編集）
URL https://www.alphapolis.co.jp/
発売元－株式会社星雲社（共同出版社・流通責任出版社）
〒112-0005 東京都文京区水道1-3-30
TEL 03-3868-3275
装丁・本文イラスト－かわすみ
装丁デザイン－AFTERGLOW
印刷－中央精版印刷株式会社

価格はカバーに表示されてあります。

落丁乱丁の場合はアルファポリスまでご連絡ください。

送料は小社負担でお取り替えします。

ISBN 978-4-434-31920-4 C0093